漫娱图书

Fanyici

反义词
ANTONYM

主编
郑反

长江出版社　漫娱图书

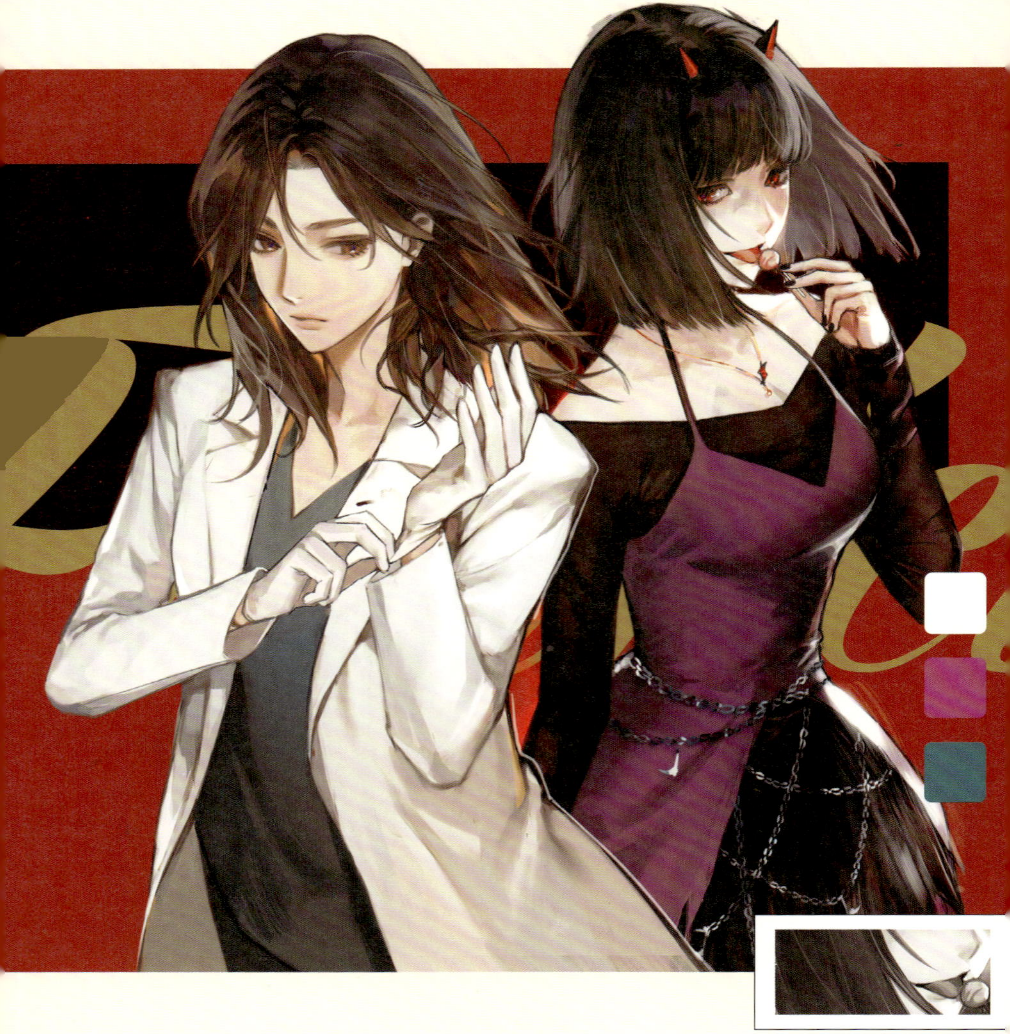

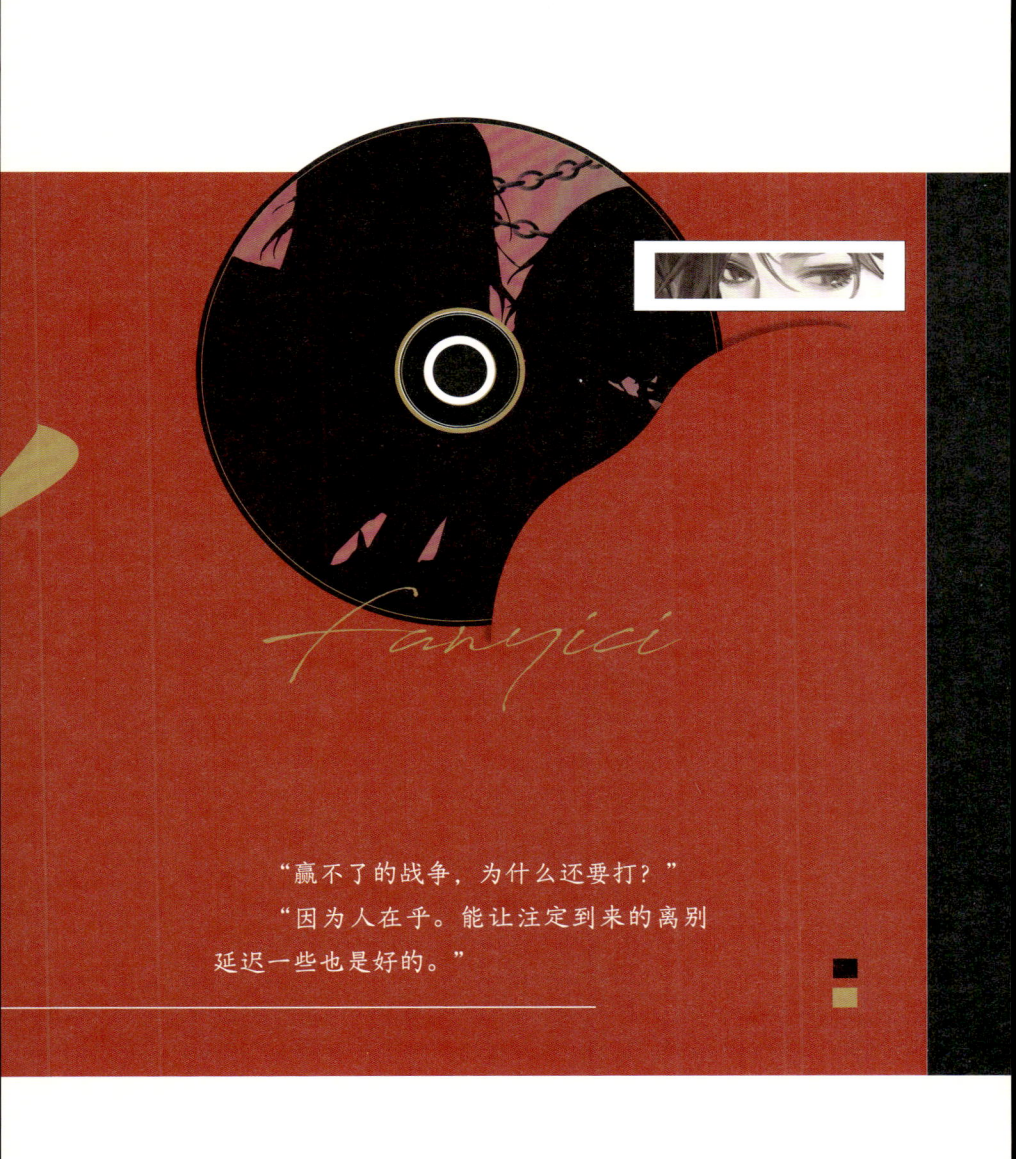

Fanyici

"赢不了的战争,为什么还要打?"
"因为人在乎。能让注定到来的离别延迟一些也是好的。"

Fanyici

姜栩栩被海浪冲到了礁石上，祁絮坐在礁石上，她想，现在，姜栩栩永远是她的了。

她愿意为了这个永远的美丽浪迹一辈子。

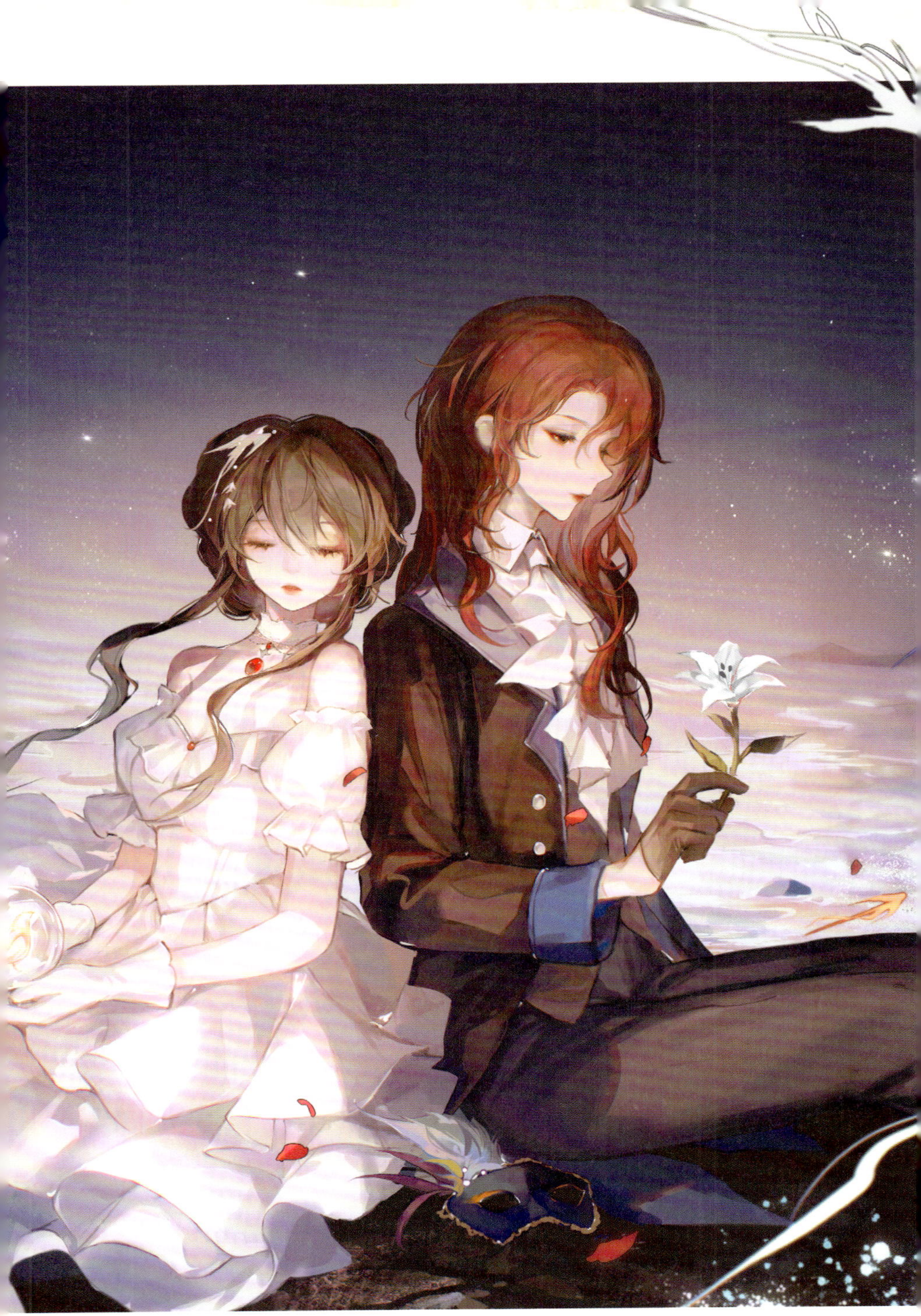

目录
Content

在没有月亮的夜晚 ── 009
清酒一刀

北境之春 ── 039
朱奕璇

谁不喜欢搞笑女呢 ── 065
载酒行舟

告别她的岛屿 ── 085
檐中

迢迢 ── 109
谢十三

这位病人，请先挂号 ——— 141
没用的罗兰

双姝 ——————————— 159
温裘

怀心 ——————— 191
七分不加冰

请停止内卷 ——————— 209
海哪吒

经常来吃饭的漂亮姐姐 — 237
司礼监秉笔背包叔

最佳憧憬 ——————— 259
芭蕾飞狗

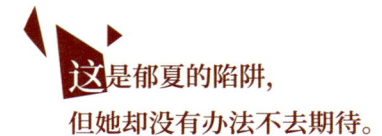

这是郁夏的陷阱,
但她却没有办法不去期待。

FANYICI

在没有月亮的夜晚

在没有月亮的夜晚

文 / 清酒一刀

早晚上三炷香许愿小行星大驾光临。

01

　　谢霜盈沉入水中时，月亮轻缓缓地飘去了云层的另一边。

　　她的目光下意识地想追去摇晃模糊的云层之后，但不算干净的水流过眼球表面，刺痛感迫使她闭了闭眼。在水下时，谢霜盈不喜欢闭上眼睛。更具体地说，谢霜盈就不喜欢、甚至是厌恶下水，但出于职业道德和身份，她没什么资格说出来。

　　这部古装剧的女四号是谢霜盈拿过的最好的资源。导演拍过几部口碑不错的小众片子，算是小有名气，这次还定下了最近风头很盛的男艺人做男主。

　　这个资源原本属于谢霜盈的堂妹谢露盈，谢露盈那阵子想进剧组追人，又不会演什么戏，求了爸爸几句便兴高采烈地拿到了这个没什么演技要求的女四号——对于谢露盈来说，这不过是父

亲谢朝国一句话的事情。但还没等到剧组开机，男主就被爆出一桩丑闻，再加上角色剧本看完并不喜欢，谢露盈兴致全无。

女四号听起来像是还能排上号，实际上就是女主身边的宫女，整部剧下来又是下跪又是落水的，拍出来没什么形象可言。

也许是看快从表演系毕业的堂姐整日奔波着找工作实在可怜，谢露盈随口将这个性格沉默的角色给了不善言辞的谢霜盈。谢霜盈算是捡了个便宜，礼貌地对堂妹表示感谢。

她没什么被施舍的自卑感，很小的时候她就明白自己和谢露盈是两个世界的人，是血缘将她们暂时又勉强地联系在一起。叔叔谢朝国是大企业家，而她只是一个借住在叔叔家里、与他们关系并不亲近的落魄亲戚。

导演对走关系进来的谢霜盈倒没什么不满，她戏感很好，也从没给剧组添什么麻烦。在没有戏份时候，她与所有人都保持着一种安静的距离。

就像现在，谢霜盈结束了今天的拍摄，挽起还在滴水的头发，对工作人员点头示意了一下，绕过人群离开。

今天结束得还算早，不过才晚上九点半，

毛巾忘在了更衣室……

晚饭吃关东煮……

换一身衣服……

月光从云的缝隙里漫出，谢霜盈正低头细数着今晚的安排，右脚不期然踩在一道纤细的影子上，忽地顿住了。

下一秒，一条柔软的毛巾迎面搭在了她的头发上，谢霜盈愣了半秒，从毛茸茸的触感中钻出来。扎着马尾辫的漂亮女孩笑盈盈地望着她："学姐，走路不认真。"

011

呼吸莫名一窒。

女孩眨了眨眼睛："学姐可能不记得我了，我叫郁夏，是C大音乐剧系三年级的学生，虽然我们不在一个院，但我去看过学姐的公开课表演，很喜欢很喜欢。今天开始我在这边实习，没想到能分给学姐做助理，真的好高兴啊……"

说了几句，郁夏像是对自己的自来熟不好意思了，又从包里掏出一杯少糖少冰的红豆奶茶双手捧过去："学姐不记得也没关系啦，就当我们今天第一次见面，我会在剧组把学姐照顾好的！"

她说话时，右耳上的月亮耳坠在微风里一晃一晃地闪烁。

可她在说谎，谢霜盈想。

那场公开课表演现场有几百人，她找过，但郁夏根本没有在。

可她只是手指颤了下，垂眸低声道："你好，我是谢霜盈，第一次见面，很高兴认识你。"

02

对于谢霜盈身后忽然多出来的小助理，其他演员诧异过一会儿，毕竟愿意给一个名不见经传的小演员分助理的公司可不多见，但这点诧异很快也就被他们抛之脑后了。

如果说剧组和以前有什么不一样，那就是谢霜盈的存在感比之前高了不少。

她的戏份不多，但每次成功拍完一段，蹲在旁边的郁夏总是第一个跑过去，捧着水和她切好的苹果，叽叽喳喳地叫学姐。

郁夏根本不会在意其他人往这边投来的目光，她可以从谢霜盈的走位一路夸到谢霜盈的微表情，夸得主演都忍不住开玩笑道：

"怎么只夸小谢，我们其他人拍得不好吗？"

"都好呀。"郁夏理所当然地道，"但我最喜欢学姐，我只夸最喜欢的。"

在工作人员善意的笑声中，谢霜盈有些沉默了，退在郁夏的身后，眼睛只盯着手中的苹果，忽然听到有人问郁夏："我记得小郁是C大音乐剧专业的吧，怎么会来我们剧组做助理？"

她又忍不住去看郁夏的脸。

郁夏单手支着侧脸道："这学期课不多嘛，恰好看到助理招聘广告，本来没兴趣的，但一看给的报酬好多哦，来了又看到学姐，不走了不走了，我就住这儿算了。"

剧组离C大很近。第一天晚上她们一起离开剧组时，郁夏担心谢霜盈住得远，主动提出送她回去，谢霜盈说了宿舍楼才发现郁夏就住在她后面。

最近每天晚上收工后她们都会一起打车回学校，郁夏总有说不完的话题，从音乐剧剧本聊到学校的餐厅菜单，她向谢霜盈介绍她喜欢的角色，请谢霜盈吃她喜欢的冰激凌，再央着谢霜盈"礼尚往来"。

她的声色有股柔软的韧劲，像被月色洗过的云。谢霜盈每一步都像踩在云上。

——但这是郁夏的陷阱。

谢霜盈疑心得如此早。

她想，她不该回馈郁夏的热情，郁夏还没有暴露她的目的。这个已经遗忘了她的童年好友，从来就不是一个会轻易对别人好的人。

——但她却没有办法不去期待。

03

她们七年后的第一次重逢是在高二开学的第五周,谢霜盈和几个室友从排练室里疲惫地走出来。

她们已经昏天黑地地排了几个星期的戏,又要去补落下的文化课,路过操场时,一阵阵欢呼叫好声潮水般涌来,她们好奇地探头去看。

扎着丸子头的漂亮女孩小腿发力,踩着微尘飞扬的地面在阳光中一跃而起,右手抓着篮球狠狠扣进篮筐。

球从筐中落下,裁判记两分。

场外又是一阵欢呼,几个青涩的男生挥着校服激动地喊:"郁夏!"

站着看了一会儿,一个室友想起来:"好像是高一在办篮球赛。"

"那就是郁夏?"另一个室友又多看了几眼,"我听我弟在家里提过,说他们班上有个女生运动唱歌都很厉害,长得也很漂亮,这么一看确实挺好看的。"

她们正说着话,再次接到球的郁夏在奔跑中身体被对面的人撞得一偏,手中的篮球猝不及防地脱出,砸向场外。

谢霜盈看着郁夏下了场,轻巧地翻过蓝色的栅栏,一手扶过她被砸了个正着的室友,急忙道歉。

室友被砸得眩晕,说不出话来,郁夏又招手喊了一个男生,把室友背去医务室。

郁夏也跟在后面,小声地唠唠叨叨,像是在懊恼,一会儿又绕着医务室的老师转来转去,询问有没有事。

谢霜盈站在人来人往的走廊里听着郁夏撒娇一样地喊室友"学姐",邀请她去看电影作为赔礼。

而郁夏没有认出她来，她就像一张透明的幕布，郁夏的目光始终不曾在她身上停留。

最初的想法总是很简单。

谢霜盈只是想要了解现在的郁夏。她们太久不见，她还不知道如何向她开口说出第一句话。

也许郁夏会在某一天认出她来，她们会成为好朋友，就像她从前想了很多次那样。

她们在楼梯、操场、走廊的拐角无数次擦肩而过，她像一个老旧的镜头转动缓慢而又紧跟不舍。

冬天到来时，那些期待的情绪，那些不安的想法却像是已经跟随落叶被深埋，只是镜头还在不停歇地转动，如同一个平静的注视者。

学期末的最后一场考试结束后，谢霜盈坐在床上用镜布细细磨着反着光的金属，室友推开门时呼了一口冷气，坐在她对面刷着手机。

宿舍是四人间，其他两个室友周末会回家去，此时房间里只剩下她们两人。

室友像平时一样同她聊起八卦，却忽然向她空荡荡的上铺投去一眼，而后小声说道："说起来，你不觉得郁夏有点那个吗？"

谢霜盈眼睫一颤。

室友："你看林薇，上次被她砸了一下，关系就变得那么好，她恨不得月月给林薇买东西，要是当时她砸的是我们，她会这么殷勤吗？还不是看林薇家世好。"

见谢霜盈不接话，室友又掰着指头道："上次三班高霖跟她表白，她当着那么多人的面说自己只想学习，不想谈恋爱。结果才过去半个月，就跟她们班上很有钱的那位暧昧成那样。"

"她周围哪有普通人，没点身份都不配跟她做朋友。"

"你知道为什么郁夏上个月能那么顺利拿到最高奖学金吗，那几个学生会的跟她关系好得不得了。"

"你不觉得她交朋友功利心太重了吗？"

谢霜盈直到这时才像刚听到一般回应："郁夏是她们年级第一名。"

室友："欸，我又没说她不该拿奖学金，我是在给你举例子嘛，功利心就是太重了吧！"

谢霜盈：……

最后室友摇着头道："算了，跟你聊八卦真没成就感。"

谢霜盈再次低下头，手指缠着的银线在沉默地泛着光。

她想，她观察她这样久，怎么会看不出来呢？

她的好友早就不再是记忆中的模样了，又也许，郁夏从未单纯过，只是在失去联系的这些年里她一直对郁夏妄加幻想。

就算如此，她还是想和郁夏成为好朋友，这几乎成了一种执念。

但如果她成为不了郁夏目的的一部分，又该怎样和她做朋友？

04

导演喊大家一起收工出去喝酒吃火锅的时候，谢霜盈正在帮郁夏修改她的音乐剧剧本作业。

郁夏喜欢手写，漂亮的小楷像印在纸上一样标致，谢霜盈右手握着黑笔，标记得有些小心翼翼。

郁夏拿出作业时还有些紧张，一会儿说怕打扰学姐，一会儿

又说写得不好学姐不许笑。

谢霜盈看得很认真,剧本是个童话短故事。住在城堡里的公主被所有人喜爱,她的追求者里有王国的骑士、邻国的王子,还有闻名海外的富商,但谁都不知道爱上公主的还有时常停在公主窗外的一只黑鸦。

公主说她想要月亮时,追求者们有的送来了美丽的月亮宝石,有的送来了盛开的月亮花,只有那只无人在意的黑鸦在向夜空飞去,飞向它永远摘不到的月亮。

摄像小哥走过来拍了拍她的肩膀,喊她上车,一直到在火锅店里坐下,谢霜盈还在思考剧本。

郁夏说她不知道结局应该怎么安排,如果结局就是相爱未免有些俗套。

菜单被对面的工作人员传了过来,谢霜盈回过神,扫过一眼,在已经勾了许多的菜单上又添了几道。

郁夏凑过来看了一眼,有些惊喜地道:"好巧,我也喜欢吃这个,很少有人会点呢。"

谢霜盈也笑了笑,在郁夏又转头叫饮料的时候,帮她把碗筷拆开涮了开水。

郁夏天生适合在人群中,她总是不会怯场,所以就算她只是一个透明演员的小助理,大家都愿意带上她来吃饭。

她看着郁夏和所有人碰杯,笑着和身边人谈论最近的新八卦,在她垂眸隐隐有些失落时,郁夏又忽然抱住她的胳膊小声叫学姐,央求谢霜盈帮忙夹一下对面的菜。

谢霜盈夹得很细,滤过豆芽,又滤过香菜,把鸭血和羊肉堆成了小山。

郁夏吃得嘴巴鼓鼓囊囊，在众人的哄闹中，酒水一杯杯地下肚。在谢霜盈犹豫着要不要帮她拦下时，郁夏偷偷拉了拉她的手，在耳旁悄声道："其实不是很想和他们喝啦，下次我们单独出去，不跟他们玩，只想和学姐喝。"

她喝得实在太多，眼神已经迷迷糊糊，谢霜盈几乎是半扶着她坐在那里，却不敢靠得太近。可是下一秒郁夏笑着说："学姐那么优秀，有那么多人喜欢学姐呀。"

谢霜盈正在帮她别起头发的手指顿住了半秒："你说……有很多人喜欢我？"

郁夏在她怀里幅度很小地点了点头："当然呀，学姐漂亮家世又好，肯定有很多人追吧。"

谢霜盈沉默地看向她的眼睛，许久才"嗯"了一声。

郁夏的眼睛在注视着谁时，总是很真诚，就算在此时此刻。

可家世很好的是谢露盈，被很多人追求的是谢露盈，会有人接送上下班的是谢露盈，住在富人区离剧组很远的是谢露盈——云层剥落时，谢霜盈从云端落回大地。

不过是早有预感，不过是果然如此。

郁夏将她错认成有钱有势的谢露盈。

而谢霜盈只是沉默着，许久，又如同什么都没有发生一般，轻声说道："但我不会看不见你。"

05

工作人员周到地准备了醒酒汤，郁夏喝完后在桌子上趴了一会儿，清醒了不少。

谢霜盈见她又能活蹦乱跳地和邻座划拳，放下心来，去了洗手间。回来时众人已经决定散场了，挤挤攘攘地向外走。

她们都没有坐剧组的车回去，在被橘色灯光映满的街道上散步，始终落后于众人几步。

郁夏侧头问她："学姐在想什么？"

谢霜盈："在想给你的生日礼物。"

郁夏在刚刚的饭局上与人提过。

"只要是学姐送的我都喜欢。"郁夏随口说道。

谢霜盈的目光停在郁夏右耳挂着的月亮耳坠上，耳坠的挂针已经有些陈旧了。

郁夏摸了摸耳朵："学姐喜欢这个吗？这个是前几年别人送的生日礼物啦。"

"是很好的朋友吗？经常看到你戴着。"谢霜盈轻声问道。

"也不是。"郁夏想了想道，"是我的一个高中男同学，当时跟他暧昧了一段时间，也没挑破，过生日的时候他悄悄在课桌里放了这个。后来我们没在一起，但是耳坠的样式我很喜欢，在网上也没搜到同款，所以时不时就会戴出来。"

谢霜盈没有再问了，月光游鱼似的穿过云层，影子隐暗。

她说："你的剧本作业结局我想了一下。"

郁夏侧过脸去看她，也许是因谢霜盈的语气轻缓又郑重，竟有些紧张。

谢霜盈："高傲的公主从来不会爱上谁，就像月亮不会因为她的喜欢落入尘埃，而黑鸦永远在飞向它摘不到的月亮，结局就在这样的永恒里，无尽地蔓延。"

就像在很多个夜里，她在灯下层层叠叠地绕着银线。

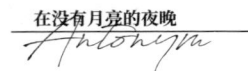

就像在某天清晨,她抱着礼物盒飞奔在去教室的路上。

只因为郁夏曾经说过想要一个月亮做她的生日礼物,所以就算多年过去物是人非,她也想要去实现。

耳坠被悄悄地放在课桌里,郁夏就像她期盼的那样,打量了它许久,将它戴在了右耳上。

郁夏身旁并没有属于谢霜盈的位置,郁夏是什么样的人,早在高二那年的秋末她就已经清楚得不能再清楚。

而现在,她触摸到了那个短暂的机会。

郁夏想要攀附谢露盈。那她可不可以偷来一点郁夏的友情?

郁夏还在听到结局的愣怔中,谢霜盈已经笑着说:"说起来,下周末飞鸟剧团到A城巡回演出,我很喜欢他们,你想去看看吗?"飞鸟剧团是近几年大热的国际音乐剧剧团。

郁夏回过神来,下意识地道:"票很难买吧。"

"也还好,票我已经买好了,刚想起来告诉你。"

郁夏没有惊讶于谢霜盈的轻描淡写,这种若有若无的怪异默契将气氛维持得刚刚好。她也笑起来:"我也超喜欢他们的,一直狠不下心去买黄牛票,本来还在纠结呢,谢谢学姐,这是我过得最好的一个生日。"

06

撒谎的人鼻子会越来越长——谢霜盈偶尔会想起匹诺曹。

郁夏在她身旁笑得很开心,离场的时候挽着她的胳膊一蹦一跳。

一个谎言的诞生在她们之间并不困难,谢霜盈只需要适时默

认，再根据需要补充一些可供想象的"证据"。

她们的相处一直都很愉快，无论谁起的话题，另一人总能搭上，就算不说话也不会尴尬，自然得像她们早就是相交多年的好友。

而谢霜盈暂时只需要付出一点点代价。

室友知道谢霜盈在本市一个地下酒吧做调酒师时吃了一惊："你在剧组的工作结束了吗？怎么有空的？"

谢霜盈翻着剧本随意说道："怎么没空，剧组一般晚上九十点收工，酒吧夜场十一点才开始，周六不拍戏的时候还可以值个后半夜的班，而且再过几天我的戏份就全部结束了。"

室友倒吸一口气，把她拉到一边压低声音道："你实话跟我说，是不是欠钱了，姐妹帮你凑一点。"

谢霜盈愣了一下，笑道："没有，别多想。"

只不过是因为那两张音乐剧的VIP门票花掉了不少的积蓄，之后排毕业大戏还有不少地方需要用钱。

谢霜盈没有和家里要钱的习惯，上大学之前叔叔会直接把生活费打进她的饭卡里，偶尔谢露盈也会把不怎么穿的衣服和生活用品留给她。上大学之后她就从叔叔家里搬出去了，生活费全是靠奖学金和接零活攒出来的，眼下快毕业了，更不会再回去要钱。

最近晚上剧组收工之后，谢霜盈会和郁夏一起回来，在楼下挥手和郁夏告别后再去酒吧上工。

酒吧会营业到早上，她会根据第二天的情况来决定上前半夜还是后半夜的班，结束后再回宿舍。

谢霜盈的气质和形象都很不错，老板愿意让调酒经验并不老到的她留下来，并且许诺了还不错的时薪。

夜场的酒吧总是震耳欲聋又暧昧横生，谢霜盈在规则里礼貌地拒绝了一位又一位想要请她喝一杯的客人。

总有人喜欢一些有难度的挑战，但一次次的拒绝让人倦怠。在又一杯带有暗示意味的马丁尼推到眼前时，谢霜盈不耐烦地抬起头，对上了坐在吧台前歪头看着她的郁夏。

她的眼睛安静又明亮，与身后喧闹的背景隔着黑白清晰的界线，谢霜盈的心脏狠狠一坠。

凌晨三点半。

就在五个小时前，她与郁夏在宿舍楼下互道了晚安。而五个小时后的现在，她穿着工作服，郁夏带着朋友在酒吧与她重逢。

"好巧，学姐。"郁夏趴在桌面上，酒杯在她纤长的手指间微微摇晃。

谢霜盈缓缓攥紧手中的杯子，所见的一切像是做了慢镜头处理，郁夏身后的两个朋友看了她们一眼道"那你们先聊"，然后便去了后面划出来的舞池区。

光影掠过时，她看不出郁夏是否在笑。

是谎言就总有一天会被戳破，千万身家的谢露盈再低调也不会戴着工牌出现在此时此地，像个困窘的小丑。

在郁夏安静的注视里，谢霜盈沉默地接过杯子，仰起头一饮而尽。

"……怎么没有睡觉？"她不想在她面前太过难堪，逼迫自己出声，仿佛这样就能抢占先机，一带而过。

郁夏又点了一杯长岛冰茶，脚尖在高脚凳下来回晃着："我睡不着。"

谢霜盈：……

郁夏一杯一杯地点着酒，像个再常见不过的深夜来买醉的顾客。

通常这样的顾客喝着喝着就开始痛哭出声，控诉起自己那无情无义的前男友，而郁夏什么也没说，只好奇地问她："学姐怎么不问我为什么睡不着？"

"为什么睡不着？"谢霜盈声音有些干涩，仿佛成了一个只会应声的木偶。

也许她不该跟着郁夏的问题走，她该想个理由，想个办法。

郁夏："在想学姐。"

谢霜盈愣住了，杯子里摇晃的冰块一头撞在透明的杯壁上。

郁夏扑哧一声笑出来："我开玩笑的。"

谢霜盈：……

郁夏低声说道："最近是在为一些事情困扰。"

人的情绪在白天与黑夜像被劈成不同的两半，距离感往往会在醉酒的深夜被暂时遗忘。郁夏想对她说什么呢？

谢霜盈猜不到，但这大概会是她们第一次也是最后一次坐得这样近。

谢霜盈了解郁夏就像了解她自己。可谢霜盈等了许久，只等到郁夏一句："算了，也没什么好说的。"

——因为已经明白我帮不了你吗？

谢霜盈咬着这句话，翻来覆去地想。

不断有客人来到吧台点酒，谢霜盈调着酒，控制着自己不再看向郁夏，可在杯壁的反光里，郁夏在专注地望她。

她们没有再说一句话，仿佛又成了酒吧里的陌生人，成了调酒师与顾客。

谢霜盈甚至不知道郁夏的朋友是什么时候离开的，而郁夏始

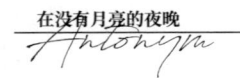

终坐在那里。

酒吧落锁时,郁夏站在她身后,影子落在一片黎明里。

谢霜盈也没动,她瞥见了欲言又止的郁夏。

还是忍不住要说了吧,要戳穿她的谎言。

不过郁夏也不会那样,她只会当无事发生,离职再去找谢露盈或是什么其他人,她都没来得及去利用自己,发现被骗了会生气吧。

郁夏的嘴巴张开又合上,半晌终于道:"怎么办学姐……"

谢霜盈的心沉了沉。

郁夏:"喝得有点多,走不动了啊。"

谢霜盈:嗯?

郁夏整个人挂在她胳膊上,还伸出手捏了捏她的上臂:"学姐看起来好有力气。"

什么意思,是要她把她背回去,还是找个酒店休息?可是她身上没带身份证啊。

谢霜盈的悲观情绪被打断了一会儿,大脑有点空白。

她们一路走回学校,已经有稀稀落落的学生坐在湖边长椅上早读,呼出的白气散在冰凉的空气里。

在宿舍楼下站了许久,郁夏的左手还揣在她身上,谢霜盈垂眼看着那只超载的口袋,没决定好要不要抽出手。

就在学生开始三三两两地走出宿舍楼时,郁夏缓缓抽出手,像是清醒了,打了个哈欠,抬头与她告别。走出几步之后,郁夏忽然回头对她笑:"学姐肯定能拍出很好的作品,她们才不会跟学姐一样真的来酒吧工作观察呢。"

谢霜盈怔住了,她想起了放在桌子上的剧本,那是《酒吧的

深夜故事会》。

谎言的一角被突然地撕开，又在黎明时被细细抚平。

07

郁夏到底发现自己认错人了吗？

谢霜盈恍惚地走进宿舍，一夜没休息好的眼睛有些红肿。看到她梦游似的进来坐在床上，室友咬着牙刷含糊地说道："回来了啊……"

谢霜盈点点头，道了声"早"。

"我刚刚在阳台洗脸的时候看到你在楼下。"室友吐掉嘴里的水，欲言又止，"你旁边站着的是隔壁院的郁夏吗？看着眼熟。"

谢霜盈蹙起眉："是郁夏，怎么了？"

室友尴尬地笑了两声："没什么。前一阵吃过她瓜来着，不知道你们认识……你们挺熟的？还是刚认识？"

谢霜盈一愣："什么瓜？"

"倒不是什么大瓜，你最近忙不知道也正常。"室友低头翻着手机里的聊天记录，"我听我男朋友说的，他们不是搞音乐剧表演的吗，下下个月有个蛮有名的剧团来咱们学校排演，剧团里最有名的演员是十年前从这儿毕业的，给他们系谈了两个配演名额，排好了明年会上国家剧院。你懂这个分量吧。"

谢霜盈知道这件事，在去剧组前的一个月郁夏就在反复看着剧团的表演练习了，那阵子除了上课和兼职，她整个人都埋在小排练室里，拿到名额的那天买了两个冰激凌，在操场上又蹦又跳。

"翻到了。"室友把手机放到她眼前。

这是一段不到一分钟的视频，说话的是个侧脸漂亮的女孩，像在和朋友闲聊。

"我那个钢琴老师，郁夏，你见过的，很漂亮吧。"

"每次来上课都化全妆，至于吗？"

"她上完课还赖在我家不走，我妈不在家，谁知道她在我家干什么。"

谢霜盈睁大了眼睛。她认得这个女孩，是郁夏今年兼职教的学生，叫方栩栩，才十五岁。女孩家的公司算是本地人多少都认得的牌子。显然也不只她能认出来，室友转发的群聊记录里不少人都在谈论女孩身上价值不菲的包和手镯，身份毋庸置疑。

室友道："他们院把名额定下前，就已经有传言了，有人说看见郁夏经常进出富人区，但毕竟是传言，没什么证据嘛。只是名额前脚刚定下，这个视频就在他们院里传起来，院领导都觉得影响太不好了，把名额给换了。"

谢霜盈盯着那段视频半晌没有出声。

室友又道："其实都能猜到里面有问题嘛，不过郁夏在他们系风评确实一般，传言真实性还是挺高的，大老板的女儿也不会故意害她对吧……"

室友不知道什么时候出门了。

谢霜盈躺在床上，身体极度疲惫，一闭眼就是昨夜郁夏坐在吧台边，像试探又像无所谓地对她道"最近是在为一些事情困扰"。

又想起那一天，她时隔多日想要去接做完兼职下班的郁夏，郁夏却像梦一样出现在了剧组。

剧团、名额、赞助商、谢朝国、谢露盈……

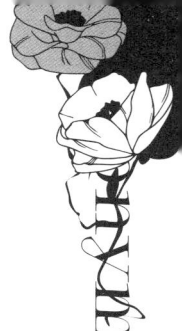

原来是这样。

原来只是这样。

谢霜盈了解郁夏就像了解她自己。

她从未因谢露盈而自卑，从未幻想过成为谢露盈，但所有的不渴望在此时此刻戛然而止。

谢霜盈安静地想，谢露盈用一句话就能帮郁夏拿回来的名额，自己又要付出什么才能如她的愿呢？

08

青春就是一场叛逆的旅途。

方栩栩从围墙翻过时，脑海里闪过了这句话。放学前她把它抄在数学课本的内页上，同桌羡慕道："栩栩，你真的比同龄人成熟很多。"

方栩栩深以为然。她想，大人总觉得她还是什么都不懂的孩子，父母间的利益关系、社会上人与人之间的冷漠、不被理解的爱慕……她有什么不懂的呢？

司机还在学校门口焦急地等着她放学，殊不知方栩栩已经站在了城北的C大里。

老师的电话号码她早就记得烂熟，可是那人怎么都不肯接她的电话。也许是她握着手机的样子有几分焦躁，路过的温柔姐姐停下来问她缘由，还带着她去找人。

"也许他正在上课才不接你的电话。"温柔姐姐牵着她的手轻声安慰。

"他是个胆小鬼。"方栩栩昂起头。

温柔姐姐并没有讶异于她口中的一切。一路很长，方栩栩在这种平静的目光中仿佛得到某种鼓励，有些羞赧地讲起她冷漠的家庭，父母的压迫与控制——逼着她去学讨厌的钢琴。作为一种反抗，方栩栩在那个下午牵了一下她惊慌失措的钢琴老师的手。爸爸发现之后，把老师赶出去不说，还换了一个女老师，继续逼着她练钢琴。

"你别觉得我幼稚，我也不是觉得他有多好，我只是想要证明我是个独立的个体。"

她一路自我剖析着越说越激动，路灯闪烁着不太亮的橘光，人声不知道什么时候离得很远了。等到方栩栩意识到这条路彻底暗下去时，四周已经只剩下丛丛树影，气氛莫名让她觉得有些不安。

方栩栩刚想抬起头问一句，只听温柔姐姐放缓声道："所以，其实你也知道郁夏其实是无辜的对吗？你只是因为想要反抗你的爸爸才发了那样的视频。"

方栩栩呆住了。

09

谢霜盈也没想过会在晚上九点和方栩栩坐在学校小树林的长椅上谈人生。

她思考了几天，叔叔谢朝国必然不会去为她的学妹开口要名额，哪怕名额本来就是郁夏的，她能做的只有向她们院的老师澄清事实。她并不知晓事实是什么，但郁夏绝不会做出那样的事情。

谢霜盈在方栩栩学校门前等了几天，但每次放学后方栩栩都会被司机接走，直到今天傍晚，她看着方栩栩翻过围墙，竟悄悄

打车来到C大。

方栩栩声音有些颤，下意识地否认："我怎么知道郁夏是怎么回事，你是郁夏的朋友？你回去告诉她……"

"我并不是郁夏的朋友。"

方栩栩话音一顿，在瞥见谢霜盈温柔的眼睛时，忽然不知道该说什么了。

谢霜盈像与朋友闲聊谈天般对她道："栩栩，你觉得郁夏是个什么样的人呢？"

方栩栩不自觉地随着她的话回忆了一下，郁夏是个不讨人喜欢的钢琴老师，虽然长得很漂亮，但上课的时候会很严肃，她完不成曲子的时候还会训斥她，根本不像她喜欢的老师。

她迟疑地做出回答。

谢霜盈沉默了几秒："嗯，她是一个不讨你喜欢的钢琴老师，在你眼里她并不是一个具体清晰的'人'。"

方栩栩有些气恼了："你是来跟我讲大道理的吗？你又不是郁夏的朋友，你找我干什么……"

谢霜盈："因为我想和她做朋友呀。"

方栩栩瞳孔放大，像被另一种没见过的叛逆一下给吓住了，一个音都挤不出了，半天才道："就为了做朋友？你有病啊……"

"可能吧。"谢霜盈淡淡地道，"我也觉得我有病，但没去看过心理医生，甚至从来没有讲给别人听，现在被你听到了，高兴吗？"

方栩栩：……

方栩栩想喊救命。

谢霜盈却转了话题道："曾经我也很讨厌我的家人。"

方栩栩回得小心翼翼:"你也有一对每天试图控制你的家长?"

"没有一对。"谢霜盈摇头,"只有我爸爸。"

10

在很长一段时间里,谢霜盈都以为家里就该是这样的。

客厅里摆满了叫不出名字的转运塑像,每天夜里会有人大声叫嚷着砸他们的门,会有红色油漆顺着墙面滴落下来,然后再搬家,进入一个新的循环。

那年夏天,十一岁的谢霜盈提着行李跟随谢耀国来到新月乡,爷爷奶奶看见他们后在院子哭成一团,谢霜盈实在融不进去,拎着行李站在院子的角落一声不吭。

那群讨债的人没有追来这个偏僻的乡下,他们也过上了一段平稳的生活,在谢耀国时隔十三年回到这里后,爷爷奶奶都希望他们能一直留下。

他们对谢耀国的爱,是谢霜盈从未在谢耀国身上感受过的。她想,原来父母是会这样疼爱孩子的。可是谢耀国却并没有因为回到这里就成为一个正常人。他整日把自己关在房间里,一点风吹草动都能让他大发雷霆。

谢霜盈听过村邻对他们家的指指点点。

"我早就说,老大就不该多疼,惯废喽。"

"他连亲弟弟朝国的钱都要骗,还不给他打出去还要养哦。"

"乡里第一个大学生,还不是回来啃老。"

……

谢耀国第一次听到这话时,红着眼睛拎起凳子就想要冲出去,

爷爷奶奶锁了门,他到底没能出去,最后那张凳子砸在了谢霜盈的胳膊上,淤青一片。

奶奶抱着谢霜盈哭着说"你爸不容易"。

谢霜盈什么都没有说。

谢耀国就是这样的,谢耀国总是这样的。

谢耀国沉浸在自己的世界里,并把身边的一切都搅得混乱又无序。

她隔着院子听到叔叔谢朝国冲着爷爷奶奶崩溃大叫,她好像也活在那些不甘的喊声里。谢朝国带着谢露盈离开了,而她还在这里。

遇到郁夏的那天晚上是满月。

她失手摔碎了一只瓷勺,喝醉了的谢耀国疯了似的想要拿东西砸她。谢霜盈踩在潮湿的泥路里狂奔,金黄色的稻草沉默地堆在月光下,郁夏的手就从那里伸出来,抓住了她的衣角。

谢耀国的脚步从稻草堆旁越过。

谢霜盈坐在拥挤的稻草堆里,身旁是紧挨着她的、穿着漂亮裙子的郁夏,蓝色的裙摆被她坐进了泥里。

郁夏小声地问她:"你在玩什么,捉鬼游戏吗?"

谢霜盈答不上来。

郁夏又得意地道:"我们在玩捉迷藏,跟我一起的人还没找到我呢,我都有点无聊了,你再陪我躲一会儿。他们肯定都想不到我藏在这儿。"

谢霜盈知道她在说什么。

郁夏是前天跟随母亲来到新月乡探亲的,下午的时候她就看

031

到郁夏和村里那群孩子凑在一处说话,没过一会儿他们开始玩捉迷藏。一个小时之后,那群孩子纷纷回家吃饭去了——他们是故意的。已经在这里住了一个多月的谢霜盈清楚地意识到这一点。

"你去过城里吗?"

九岁的郁夏不招其他孩子喜欢的原因一目了然。

谢霜盈犹豫了一下,摇了摇头。

郁夏高兴起来,向她挨得更近,细细碎碎地讲起她的裙子、她的新玩具。

她的话题总是跳得很快,从冰激凌跳到看不懂的考试卷子。她的声音又压得很低,像在讲着不允许第三个人听到的秘密,此刻她们成为朋友。

郁夏就像一场只在黑夜里出现的童话。

她们躲在稻草堆里,透过稻草的缝隙去数月亮落在哪棵树的枝头,世界静谧且从容。

谢霜盈听到夜风吹过稻草,听到草丛间的虫鸣,听到遥远的声音没入水塘,扑通、扑通。而她只是低头看着已经趴在她肩上睡着的郁夏,伸出手去安静地抱住了她。

天亮起的时候,郁夏才被母亲发现并不在房间里,匆匆找来带她回了城里。

郁夏也就像那些故事的主角一样,在太阳出来的时候消失,一切存在的痕迹都没有了。

另一边谢耀国的尸体被人从水塘里捞上来。

没有人知道昨天夜里发生了什么,爷爷奶奶哭得几欲昏厥,在丧事办完后,奶奶便逼着叔叔谢朝国抚养谢霜盈。

奶奶说,耀国的女儿要在城里上学。

叔叔不置一词。

谢霜盈隔着院子看着对她翻着白眼的谢露盈，举起来的手又悄悄放下。

当年谢朝国的生意已经有所起色，如果不是被谢耀国欺骗，也许他会更早发家。叔叔一家不喜欢她，原因谢霜盈早就知道的。

"你知道宁静的感觉吗？"谢霜盈声音温和，甚至微笑起来，"在我十八岁那年再次见到郁夏时，我才终于又感受到了宁静，就像那天夜里我挨着她，听着水塘渐渐沉寂。"

方栩栩张大了嘴巴，呆呆地看着她，一个字都说不出来。

"郁夏一次可以吃掉两个香草冰激凌，郁夏喜欢在路上摸一只黑猫，郁夏总在小摊旁挑剔地拒绝香菜，郁夏与男孩暧昧地牵手，郁夏抱着封皮破旧的小说在夜路上飞奔，郁夏教孩子弹《致爱丽丝》，郁夏总是在看云后的月亮。

"我看着她那么多年，她喜欢什么，她讨厌什么，她闪耀的时候，她阴暗的时候，我全都知道，但那又有什么关系呢？郁夏就是郁夏。我并不怪你将她当作一个妨碍你的符号，但现在，你可以把她当作一个会难过会伤心的'人'了吗？"

11

澄清视频里的方栩栩表情瑟缩，像只准备随时逃跑的鹌鹑，但到底是老老实实地向郁夏道了歉，只是大概几年内她都不会想再踏进C大了。

谢霜盈的戏份已经在三天前全部结束了，她似乎没有能再联系郁夏的理由——在杀青的那一天她们没有告别，好像这样就能若无其事地继续做朋友，但直到今日，郁夏都不曾发过一条消息。

谢霜盈想，难道她对这样的结局没有预料吗？

很多努力其实都只是试试而已，并没有第二种选择。

她在锁住的办公室门前站了很久，终于等到姗姗来迟的老师，然后低声将情况说明，打开了那个两分钟的道歉视频。

那位女老师凝视了她许久，才道："我知道你，许老师他们跟我说过，你也去找他们了。"

谢霜盈点了点头。

女老师叹了口气道："那你也应该知道找我也没什么用了，名单已经报上去了，而且现在报上去的女生她并没有什么错误，我们不能反复地去换人。"

"这样啊，谢谢老师。"

谢霜盈听到自己低声道了谢，这几天下来已经形成了一种肌肉记忆。

她轻轻将门带上，什么都没有想，也不知道应该要想些什么，就这样走向楼梯。在走廊的拐角看到郁夏时，甚至以为出现了什么幻觉。

可郁夏就站在那里，影子映在灰色的走廊上，静静地看着她。

郁夏说："没有必要。"

"……什么？"谢霜盈缓慢地眨了下眼，似乎没有明白她的意思。

郁夏侧过脸去，避开了谢霜盈的目光："我不在乎这种谣言，随便多少个。"

——她在乎的只是那个名额而已。

郁夏没有把这句话说出来，但她知道谢霜盈是听懂了的。

可是为什么呢？谢霜盈为什么呢？

在十四岁那年，她最想要的表演机会被拿走时，郁夏就已经知道努力只是达成目的所需要的最普通的那个条件，有的人需要努力半生，而另一部分人往往只需要简单的一句话。

努力、人际与运气。

她想要的东西是那么多，她努力了那么久，为什么不可以借助那一句话？凭什么不可以借助那一句话？

那天傍晚老师将她叫到办公室，向她许诺只要她肯将这次的配演名额让下去，作为交换，明年毕业的时候会将她安排到最好的剧团实习。

郁夏拒绝得很干脆，理由也很简单，配演名额她可以拿到，剧团实习的机会她也有实力拿到，凭什么要让给一个不如她的女同学？

她并不知道那个同学和老师是什么关系，但接下来的事情就很明了了。

听闻传言的方栩栩在这场闹剧里火上浇油。

郁夏想，她不在乎的。

朋友告诉她国家剧院那场演出的最大赞助商有个女儿，而且就在学校附近的剧组参演。不花多少时间她便搭另一个朋友的便利成为剧组的实习助理——和一个人成为朋友是那样简单，对她而言甚至是驾轻就熟。

只需要半个月而已，在见到谢霜盈前她如此想着。可是接下来的一切都和想象中的不同了。

谢霜盈看向她的眼睛总安静专注，她的一切想法仿佛都在那样的目光里无所遁形。她们并肩走过河边，看过演出与烟花，谢霜盈温柔地告诉她，明年还想和她一起在这里散步。

她该把那句话说出来吗？她可以像以前一样轻描淡写地展示自己的困窘，再去利用谢霜盈的同情心要回名额吗？明明她只需要一句话。

在那个辗转反侧的夜晚，郁夏走进了那家酒吧。

谢霜盈就站在最里面的吧台，穿着工作服礼貌微笑着拒绝了一个又一个陌生的男人。郁夏站在门后看了她许久。在与谢霜盈对视时，谢霜盈眼里一瞬间的慌乱让这场谎言曝光。

看着聊天记录里朋友最新回复的消息，郁夏喝下一杯又一杯的酒，趴在吧台上困惑地想：为什么呢？难堪的人不该是自己吗？谢霜盈洞悉了她的一切，明明不是那个赞助商的女儿，却还在为她编造谎言。

可在明白的那一瞬间，她为什么感觉到的是轻松呢？

不用再思考如何不动声色地向谢霜盈提出请求，也不需要再面对目的达成后如何处理两人关系的困境。

她可以把谢霜盈当作一个真正的、普通的朋友了。

在那一刻，她差一点便将那些委屈说给她听了，还好终究是差一点。

没有必要了。郁夏沉默地想。

总会有下一个名额，算了，也没什么好说的。

在接到老师电话前，郁夏从未想过，曾经设想里一句话就能解决的事情，会有人愿意为了她一句一句地去解释。

为什么要在这么多个夜晚，去敲开一扇一扇的门呢？

不知道为什么哭泣，不知道为什么想要拥抱。

"我只是想要试一试。"谢霜盈似乎在很遥远的地方叹了口气。

"谢霜盈。"

"嗯。"

"谢霜盈。"

"嗯。"

"我就是想叫叫你,谢霜盈。"

End

这就是春天,
是我们本应相遇的季节。

FANYICI

北境之春

fanyici

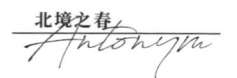

北境之春

文 / 朱奕璇

理想主义专业在读生。见识过天高地厚，却仍是一无所知。
见字如面，感谢相逢。

00

　　核辐射烟尘四散开来，沉重地坠在空气里，织成一片白茫茫的雾，见不到任何生命的痕迹。

　　一片死寂中，女子脱下了防辐射面具，她颤抖的气息暴露在北境凛冬的空气中，凝结成白霜。

　　没人听见，她嘴唇微动，喃喃地念出了一个名字。

01

　　我没有名字，我也不知道自己是谁，我在这片广阔的大地上游荡着，想寻找属于我的族群。

　　最初我找到了花房，希望我是其中一朵，可是花房外的食人

花恶狠狠地说我在玷污他们的家族名声，把我赶走了。

后来我以为我是只狗，但我又学不会像狗群那样嗅闻出千里之外的气息。

狗说，去找找人吧，你看起来和他们相似。

于是我去了，他们和我相像，但却又并不一样。

在野外游荡的那些"人"嘴歪眼斜，有些人还变异出了大爪子和大脑袋。

我试图和他们聊天，想谈谈天、谈谈月、谈谈风，他们却只跟我聊"吃人"，字面意义上的"吃人"。

他们说，北方有一座遥远的人类基地，那里的人们相貌温柔可亲。

"看起来就和你一样。"他们说。

我和他们的相遇确实算不上浪漫，他们误以为我是北方基地跑出来的人类，气焰高涨地把我团团围住，兴高采烈地想吃掉我。我温和地笑着，徒手捶爆了一旁一米高的巨石。

然后，所有人都冷静了下来。

"看你长得水水嫩嫩的，谁能想到跟我们一样都是异种呢？"他们委屈巴巴地说。

"什么是异种？"我皱起眉头。

他们面面相觑了一会儿，随后推选了一人出来讲课。据说这人变异之前是个高中的历史老师，现在吃人时还会偶尔给自己的食物讲点课，老职业病了。

公元3076年，核战爆发，波及全球，绝大多数人类领土变为覆盖着辐射烟尘的禁区，受辐射感染的人类和动物均产生异变。

在末日危机的逼近下，人们达成停战协议，结为了人类联盟，

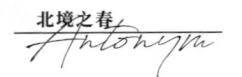

共同致力于维护人类种群的延续。

但异种的肆虐不可阻挡，辐射烟尘的飘荡也无法抵御，人类阵线一再收缩。

到公元 3086 年，人类幸存者已不足一亿。

他们在北方建立起人类基地，布好了最坚实的防护设施，等待着希望或者末日的到来。

"每个变异的异种只能以人类为食，其他的食物都无法被消化系统吸收，如果不吃人，五年之内必死无疑。"历史老师解释道，"而一旦变异，就无法逆转。"

这可能是人类史上最滑稽的历史课，一群异种给一个看起来像是人类的生物科普这颗星球过去的故事。

我摸了摸肚子："可我不想吃人，我也不饿。"

自从生发出意识、在这荒野上游荡开始，我就只是吃些路边没有意识的野草充饥，喝些被污染的湖水解渴。

历史老师摇了摇头："你可能不是个异种，但你也不是个普通人，瞧瞧你那一身怪力吧，而且你竟然能在辐射烟尘里自如地走动，完全不受影响……我不知道你是什么，也许这个世上都没有和你相像的人。"

我的心落到了谷底。

食人花有花房，狗有狗群，人类有北方基地，就连吃人的异种都会群聚起来，但我却找不到任何一个同类，找不到一个归宿——

我到底是谁？我的归宿又在何方？

"没关系，在找到同类之前，你可以和我们待在一起。"见我沮丧，历史老师忍不住安慰道，"我们正在往北走，计划捕猎

一些人类填饱肚子。"

我答应了他们，就此一路向北。

02

我和"异种人"的相处很是愉快，他们教我唱捕猎歌——虽然在普通人类的耳朵里就是一阵乱七八糟的号叫。而我采路边的食人花给他们编花环和头冠，把他们都打扮得花花绿绿夺人眼球，然后一群人一边赶路一边嗷嗷唱歌。

大概是唱歌的声音太大，我们还没找到在荒野上游荡的落单人类，就有一支人类歼灭队主动找上了门。

核战后不久，人类组建了针对异种的歼灭军，而军队下面又设有多个歼灭队。歼灭队的职责就是巡查荒野，歼灭北方基地方圆千里之内的所有异种，保护基地安全。

这支歼灭队只有一个人，她全副武装，防护服、防辐射面具、激光枪，一应俱全。

一见到她，我的皮肤就紧绷了，口中的捕猎歌也不由自主地停了下来。这是常年在荒野游荡的生物遇到高级捕猎者的野性直觉，我的危机警报在呜呜作响——这个人极度危险，远超我曾经遇到的任何存在。

其他异种反倒兴奋得直磨爪子，觉得运气好，撞到了一个落单的人类。

人类按住了耳麦，我听见一个冷静又清晰的声音穿过厚厚的辐射烟尘传到了我的耳边："目标已发现，不需要支援。"她冷冷地说，"他们已被我包围。"

十五分钟后,我得到了一个坏消息和一个好消息。

坏消息是,连带历史老师在内的八只异种都被送去了地府。几乎只是一个照面,谁都没有反应过来,他们就集体躺下了,甚至没有看到这个人类是什么时候开的枪。

好消息是,这个人类以为我是个被异种抓去的人类,在杀了其余异种之后,马上就救下了我,不仅给我穿上了全套的防护设备,还带着我回到了歼灭队的营地。

这是一个基地外的临时驻扎地,歼灭小队们偶尔会在这里休整,我看到营地里抓了不少异种,他们被关在一个个金属笼子里,脖子上套着项圈。

带着我的人类一进营地,就脱下了她的防护面具,露出一张清秀的脸,她有一双黑色的眼睛和暗红的微卷短发,颈窝处有清冷的梅子香。我怕她发现我不是人类,更怕她杀了我,于是乖乖地跟在她的身后。

她敏锐地察觉到了我的恐惧:"为什么怕我?"

我眼也不眨地撒了谎:"我怕你丢下我。"

她果然心软了:"你的父母呢?"

我垂下眼睫,装模作样地让眼睛里氤氲起雾气:"我失忆了,我不知道……我……他们可能已经……"喉咙里挤出一声破碎的哽咽。

"我知道了,你不用说了。"她没有再问下去,"我叫余镜,你还记得自己的名字吗?"

我摇了摇头:"我不记得了,姐姐能给我起个名字吗?我想要一个和姐姐一样好听的名字。"

她低下头,沉吟了片刻:"那就叫时棋吧,时辰的时,棋子的棋,

如何？"

我灿烂地笑着，用力地点了点头。

"时棋。"余镜温柔地拍了拍我的肩背，"别担心，你已经安全了。"

03

我就此留在了人类歼灭队的营地里，余镜是这里的高层领袖，所有人都听从她的指挥和命令。她也是这里最暴力的女人，从没有异种能在她的手里生还。

她总是冷着一张脸，但是她教会了我读书写字，告诉我这世间万物的名字，会打理我半长的深黑卷发，会从废墟里给我带礼物，譬如一件嫩黄的裙子、一个萝卜发卡、一把断齿的橙色梳子，甚至还有一朵枯萎的百合。

"核战之后，辐射烟尘让世界陷入了永恒的冬天，所有的花儿也都跟着枯萎了。"余镜说，"对不起，没办法让你看到盛放的花。"

我捧着那朵百合，小心翼翼地触碰它那灰败蜷曲的花瓣："如果辐射烟尘被驱散，异种不再威胁人类，春天就会回来吗？"

"是的。"余镜一怔，"它会回来。"

"到时候，这朵花一定会再次盛开吧。"我兴致勃勃地说，"和我一起去看好不好？约好了！"

"约好了。"余镜眼睫微动，冲我露出了一个笑容。

这是我第一次见她微笑，仿佛北境的冬日早早地冰消雪融。

"那要怎么才能驱散辐射烟尘呢？"我问。

"科学家们有个假设,叫作辐射核心论。"余镜道,"核战结束之后,我们马上就研发了辐射驱散机,辐射烟尘和辐射残留被驱散了大半,但很快,新的辐射烟尘和辐射又出现了。因此,科学家们认为这世上残留着一个强大的核反应堆,它是辐射核心,只有摧毁了这个辐射核心,才能开始驱散辐射烟尘和残留辐射。"

"辐射核心在哪儿,找到了吗?"我问。

余镜却没再说话,她只是凝视着我,像是在凝视一段长久的过去,许久后,她才说:"找到了,但那里没有人可以抵达,辐射太强了,人一踏入,就会马上死去。"

"人也许不行,但异种或许可以。"我脑子一热,脱口而出。刚说完,我就后悔了,我不敢暴露自己的身份,低着头不敢看余镜,怕她看穿我。

她却没有追究,只是揉了揉我的头,幽幽地说:"答应我,照顾好自己,可以吗?"

我不知道她为什么这么说,但还是乖乖地点了点头。

在营地,余镜像是对待亲人那样待我,我小心地隐藏着自己异种的身份,活得就像个真正的人类。没人发现,没人拆穿,这个遥远的歼灭队里发生的一切像个遥远的童话。

我乖巧地扮演着一个亲人、一个朋友,送余镜离开营地外出巡查,又等待她带着一身血迹疲惫地在夜色中返回,为她疗伤。

我们住在一起,为她上药时,我数过了她脊骨和肩背上的每一道疤——整整十七道。

营地里的工作人员告诉我,大异变刚爆发时,余镜为了掩护旁人而被几只异种抓去,她被关进铁笼饲养起来当作备用口粮。

每次她尝试逃跑,异种就会在她身上划出一道深深的伤口。十七道疤,她逃跑失败了十七次。

第十八次,她终于成功了,因失血过度而昏迷时,被歼灭军发现,救了回去。

自那之后,余镜便一直痛恨异种,她是歼灭军里最凶残的将军,也是战功最为赫赫、声望最高的领袖。

五年前,余镜靠着累累军功就任了北方基地的指挥官一职,之后她便很少再带队外出巡查。亲身犯险并不是指挥官的工作,她应该坐在高墙之后,指挥和决定整个人类的命运。

但最近,不知是收到了什么消息,她竟重操旧业,又亲自带队出征。我便是这样好运地遇到了她,被她救起。

我们日渐亲密,我几乎认定,我已经找到了自己的归宿,哪怕我仍旧没有找到我的族群。这也无所谓了,有个人接受我,她会接受我。

一天,我们穿好了全套防护服,去营地外看星星,厚厚的辐射烟尘遮挡了大半个天空,只有些许的缝隙可以窥见月光和星辰。

"许个愿吧。"她说,语气听起来像是在给孩子们分发糖果,"据说只要星星听到了你的愿望,就会帮你实现。"

"你许过愿吗,是什么?"我好奇地问。

余镜沉默了一会儿,道:"我希望核冬天可以结束,春天降临,人类可以得到和平和庇护。"

"我会帮你实现的。"我郑重地说。

她摇了摇头:"不用。"

"我很有用,我会帮你的,你不懂。"我坚持。

"是你不懂！"她突然爆发似的冲我大吼。

我被她吼得怔住，愣愣地站在原地，不知做何反应。

余镜也不敢看我，她低下头，匆匆离去，将我独自留在了这漫天星辰之下。

一个月后，余镜彻底离开了我。

04

营地里物资有限，人们早就对余镜养了一个吃白食且什么都不能干的我颇有微词，常有人在背地里说我的坏话。

"指挥官为什么会养这样一个无能的人，她对人类有什么贡献？对营地有什么贡献？还是趁早赶出去算了。"

没人知道，我其实是整个营地里对人类最有贡献的人。

营地里的人告诉我，公元3077年，人类开启了"观测计划"，即抓捕人形异种，带回基地研究观测，以求找出产生异变的原因和解决异变的方法，或者驯服异种为人类所用，让他们前去探测和毁灭辐射核心。

这也是歼灭军在荒野上巡查的任务之一。

传闻，指挥官余镜这次亲自带队，正是因为收到了一条关于异种的特殊情报，观测计划可能会取得一些突破性的进展。

我进入营地时，看到的那些脖子上戴着项圈的异种，正是即将要被带回基地的实验品。据说，这已经是第十三批了。但这些事情我自然不会泄露出去，我要想让他人承认我的价值，还得寻求其他方式。

于是，我毛遂自荐要去营地外巡查荒野。

余镜最初并不答应，我磨了她许久，才终于讨到一个许可。

那天，我兴高采烈地穿好防护服，和余镜道别，外出完成我的巡查任务。余镜命我孤身探查方圆一百里之内的荒野。虽然我带有扫描仪器，身体素质也超出常人，还是花了足足一周多才圆满完成任务——我以为她是相信我，才派给我这样艰巨的任务。

我带着详细的调查笔记回到营地，却发现营地里的驻军已经撤走了。空荡荡的建筑物里，连一个鬼影都没有，她的房间被收拾得干干净净，东西全被带走了，什么也没剩下，仿佛从不曾有人来过。

我被抛下了，但我甚至不知道为什么。

我在原地等了两天，希望这只是一场误会，希望余镜会回过头来找我，但谁也没来，只有我和自己的影子。

"我得去找她，找余镜。"我自言自语，自我说服，"没人能接近辐射核心，但我不是人，我是比任何人都更强大的异种，她许了愿望，而我答应了，我能帮她，我得去帮她。"

我脱下了防护服，换上她为我找来的嫩黄连衣裙，用断齿的梳子耐心地梳好一头微卷的中长黑发，别上萝卜发卡，捧起她摘来的那朵枯萎的百合花。

我一路向北。

这座营地距离人类的北方基地有一段漫长的距离，余镜他们一定是开车离开的，地上甚至还留有装甲车的车辙。我就沿着车辙，一点一点地往前走。

路上，我遇到了不少异种想吃我，我和他们争斗，撕烂了衣裙，又跌倒在泥地里，染脏了头发。许久之后，我终于抵达了遥远的北方基地。

这座人类最后的城池看起来像是个坚不可摧但光秃秃的堡垒。

我的头发杂乱，衣服破烂，脸颊也脏兮兮的，甚至脚上的鞋都丢了一只，但我的发卡还在，枯萎的百合也被我好好地装在黄裙子的口袋里。

基地门口站着两排持枪守卫，高墙上也站着两排，他们警惕地看着我，不明白一个女孩是怎么毫无防护地走到这里的。

我笑了笑："我想找个人。"

守卫满脸警惕："你是谁？"

"我叫时棋，是基地指挥官余镜捡回歼灭队营地的人，是一个保有自我意识的异种。"我露出了自己那佯装天真无辜、没有任何威胁性的招牌笑容。

守卫们的神情越发凝重了，我能听到枪炮上膛的轰鸣，能看到至少一排激光枪齐刷刷地对准了我，天上的无人机也锁定了我的位置。而我脸上的笑容没有变过半分，反而越来越真诚，越来越灿烂。

我知道，我一定能见到余镜。

"我知道你们在抓捕和研究异种，而我是你们最好的实验对象。我也知道你们已经发现了辐射核心，只是人类无法接近它，但我可以，我比人类强很多。只要带我去见余镜，我就自愿为人类服务。"

守卫们和我僵持着，他们似在通过无线通信向上级报告，不多时，北方基地的大门开了，一群穿着白大褂的科学家走了出来，他们带着配有神经控制器的项圈和一个巨大的笼子。

余镜在他们的簇拥下向我走来，她神情冷漠，不像我想象中

的带着愠怒，或是怨我不珍惜自己的痛恨——只有冷漠。

她像是看一个陌生人那样注视着我，挥了挥手，身边的科学家一拥而上，将我捆束起来，项圈被戴上我的脖子，严丝合缝，像是早就有人量好了我的尺寸，等着我自投罗网。

项圈上的神经探针刺入我的脊骨和大脑，一阵神经电流从探针上猛地放出，电得我浑身颤抖，忍不住趴跪在地上，我刚想爬起来，就被再次压倒在地上。

我努力地侧过脸，露出被压扁的笑容，我惯于撒谎和伪装，但此刻却真诚无比："余镜，好久不见。"

她看似坚不可摧的冷漠壳子终于裂开了一条缝，她像被电到似的，浑身一颤，轻声说："你会后悔的，时棋。"

05

在我之前，基地已经带回了十三批实验品，基地的科学家几乎已经绝望，前十三批试验品的异变均不稳定，找不出原因，也无法驯化为人类所用。

直到我自投罗网。

我是自我意识最为稳定的异种，也是目前发现的异变最为严重、能力最为强大的异种。我有一身怪力，可以轻而易举地碾碎钢铁；我的皮肤刀枪不入，连抽血化验时都必须动用特制的纳米机器人才能锯开一小块肌理；我还对电击、火焰、低温免疫。

我乐呵呵地走入每间实验室，再乐呵呵地走出来，毫发无损，像是在和实验室的人们玩什么有趣的游戏，而无视所有人紧张、恐惧、贪婪又微妙的神情。

"你是个傻子。"基地的首席科学家这么骂我。

只有一个小傻子才能整天乐呵呵地被拉去实验室,吃下白大褂医生喂给的药片时开心得像是在吃糖,哪怕被按倒在电椅上接受电击测试时,也能笑嘻嘻地问是不是在玩什么给她挠痒痒的游戏。

"不,我只是个有归宿的人罢了。"我毫不犹豫地反驳他。

"你说的人是余镜?"他却古怪地笑了起来,"不不不,那个女人可不会是任何人的归宿,她就是一座冰封的长城。"

那奇怪的表情让我心里烦躁,我冷哼一声:"你又知道什么?"

"至少我知道一件你不知道的事。"他说,这次语气里几乎带上了怜悯,"她将你捡回营地后,给你起名'时棋'对吧?那是她挚友的名字,上一个被她牺牲的挚友。"

"你只是个可怜的替代品,小傻子。"他轻咦一声,"不过仔细一看,你确实有几分像那个死去的'时棋'。"

"别说了!我不想听!"我紧紧抱住头,脑子里疼得似乎有刀子在割,这个科学家却以为我是心痛,反而更开心了,津津有味地说了起来。

他的声音和记忆里鲜活的画面交织在一起,死去的过去活了过来,鲜艳的红发、跃动的笑容,还有通信电话里冷漠的、长久的沉默。

不必再由他来讲,我记起了一切,游荡在荒野时的问题有了答案。

我是谁?

我是时棋,是个异种,是被余镜送去死亡之地的挚友。

06

我是个特殊的异种,不仅保留了清醒的神志,还不必靠吃人活下来。

我游荡在荒野,佯装天真无辜,佯装脆弱,借此抹消我的危险性,和异种以及人类都保持着安全的距离——直到我看到了余镜。

当时,她被一群异种们抓去当作"备用口粮",逃走十七次都失败了,脊骨上有十七道狰狞扭曲的伤痕。

这实在太惨了,我于心不忍,救出了她,我外表单纯又惯于伪装,那群异种从始至终都没起疑心,让我顺利得手。

我为她处理脊背的伤痕,又将她送到了人类歼灭军的驻地。

我本想就此离去,但看到她因背上伤痕而发烧,在营地简陋的行军床上做噩梦,难耐地紧紧咬住下唇咽下痛呼时,没能忍下心。

于是,我留了下来,跟着她一起加入了歼灭军。我照顾着她,给她找礼物,为她梳头发。很快,余镜就康复了,而且在军中崭露头角,她不再需要我了。

我准备离开,她却带我去看星星。

"据说在这里许愿的话,愿望会被星星听到,然后就可以被实现。"她凝视着我,眼睛熠熠发亮,红发像是一簇簇火焰,在黑夜里如此夺目,"我希望,你不会离开,而我们能永远像现在一样。"

"我是一个异种。"我轻叹一声,脱下了自己的防护服,暴露在辐射尘中的我毫无不适。我走近一旁的山丘,轻而易举地捏碎了一整块巨石。

我一直惯于撒谎和伪装,佯装不起眼,佯装脆弱天真,不会伤害任何人，此刻我袒露身份，露出獠牙，等着余镜说出伤人的话，等着她痛下杀手。可她只是摇了摇头："我不在乎。"

她执拗地重复着："我不在乎，我只要你能留在我的身边。"

我沉默片刻，笑叹了声："真是的……好吧，我答应你。"鬼使神差地，我点了头。

那时，她还有感情。

余镜的身上有某种让人折服的天赋，她打靶的姿势、冷酷的眼神、沉稳的声音……一切都决定了她将是这个末日时代中，人类所能迎来的、对异种最好的复仇机器，但她唯一的弱点就是感情。

上级有意磋磨她，经过几年的战事磨砺后，余镜终于抛弃了多余的感情，只留下仇恨，同时也积累了累累军功。

而当她凭借这赫赫战功被选为指挥官时，便连这份仇恨都抛弃了，变得心如止水，冷漠如这北境亘古的核冬天。

不能脆弱，无法低头，将软肋藏在盔甲之下。

末日临近，站在高台上的人类指挥官应该是个不能有任何弱点的完人。她必须果决，能做出任何必要的牺牲；必须残酷，不会对任何异种施以怜悯。

"我愿将一切献给伟大的人类联盟。"

历任联盟指挥官中，是她最为彻底地贯彻了这句话。

她不再回头看我，不再和我去看星星，为了不再让我替她梳理红发，还特地去剪了利索的短发。我们不再长久地相处，偶尔在北方基地的道路上擦肩而过，她目不斜视，像是对待一个陌生人。

所有人都唏嘘我们的感情不再，说她是冰雪铸就的长城。但我知道并不是这样，她仍有感情，只是压抑着，只是为了人类联

盟更伟大的胜利。

我期待着和她的再次相逢，却等来了自己的死期。

那是一次艰难的任务，她派我前去一处遥远的南方废城，在那里搜寻辐射核心，与我同行的是一支精英小队，由我担任队长。

对这样的指派我并不意外，我在军中的表现虽然平平无奇，但那是我不愿意出风头的故意为之。而余镜非常清楚，身为一个特殊的异种，我可以完美地完成这个任务——但我们都预估错了。

之前我们也执行过多次搜寻辐射核心的任务，但都落了空，没人料到这次的情报真的中了，辐射核心确确实实地存在于这座遥远的南方废城里。

在辐射核心方圆百里的区域内，辐射烟尘织成了一场厚厚的、可以触摸的雾霾。残留的辐射几乎是瞬间就搞坏了辐射探测仪，可我们一无所知，以为它没有报警就是安全的，于是继续往前走。

在发现辐射探测仪已经因为过度的辐射而坏掉时，我们已经深入区域内一小时了，除我之外精英小队的其他人都开始吐血，防护服几乎等同废品，什么都挡不住。

我马上通过通信电话向外求援："鹰小队发现辐射核心，无法抵御，寻求支援。"

通信电话那头传来呼吸声，那人只是听着，没有回应——这是谁？

"鹰小队寻求支援，重复，鹰小队寻求支援。"我不断地说着，但那头始终沉默，不知我重复了多少遍，那头才回复了四个字，是余镜的声音。

她冷静、沉稳地回复："任务继续。"

通信电话被她挂断了，我才发现不知何时，身边的人全都倒下了，防护服里只有一具具浮肿沁血的尸体。只有我还站着，可我也要死了。

她把我留在这里，一个人等死。

原来这就是核冬天吗？这么冷漠，这么安静，平缓地夺走人的一切，像极了余镜。

一片寂静中，我只能听见自己渐趋平缓的心跳声，血从肺里沁出又从喉中被咳出的声音，我蜷缩在防护服里，渐渐失去了意识。

再次醒来时，我毫无记忆地游荡在荒野上，碰见了余镜，被她捡去，被她照顾。一切像是当年的经历重现，只不过我们的身份互换了。

如果这也叫作缘分，那一定是孽缘。

07

陷入回忆时，我铁定是暴走了，等我醒来时，大半个实验室都被我破坏，首席科学家的脖子被我掐在暴突的骨爪中。他满脸通红，双手拼命扒拉着我。

"住手，时棋。"余镜说。

她不知何时出现在了实验室中，手中端着那把熟悉的激光枪，这还是她从军之后我用自己的功勋值给她换的。

"余镜，好久不见，准备用我送你的东西再杀我一次吗？"我咧开嘴巴，对她露出一个冷笑。我看不见我的脸，但我知道此时此刻的我看起来一定像极了在荒野上游荡的怪物，野性毕露。

而余镜还是一如既往地净秀、冷漠、自持，是人类的典范。

如此明显的差异，昔日的我为什么看不出来呢？竟在星光下

被人蛊惑，以为只要一时的互相承诺就能长久相伴。

但人是会变的，可异种却永远都是异种。

我松开手，将手里掐着的首席科学家甩开，他滚到一旁，大声咳嗽。

余镜也几乎是瞬间动了手，她扔开了手里的激光枪，上前拽住我的衣领，将我恶狠狠地压在地上，给了我一拳。

我没料到她的力气居然这么大，身为一个异种，我竟完全无法抵御。皮肤上出现淤青，我艰难地挣扎了一下，根本推不开她，于是反手拽住她的衣领，恶狠狠地盯着她。

"你就把我丢在那里，让我一个人——"我微微哽住，喉咙里干涩压抑，那种咳血的感觉还残留在记忆里挥之不去，"一个人，等死。"

余镜的身体微微晃动了一瞬，随后又稳住了，她的声音一如既往地沉稳冷静："这个异种已经被我控制住了，来人，给她戴好项圈。"

最初，我在她面前暴露身份时，她没有杀我。

这不是指挥官该有的仁慈，可是彼时的我不懂时局的艰难，彼时的她也不懂此刻的代价。

我们都为自己的选择付出了代价。

脑部探针猛地刺入了我的头，四肢被紧紧扣上金属环，我被跪压在地上，喉中发出粗重的喘息。此刻我再不像曾经那个穿着黄裙子的小女孩，也不像那个一身戎装英姿飒爽的战士。

我只是一个异种，一只怪物。

与人类截然不同，在这世上，没人是我的同类，没人愿同我一起舔伤。

余镜起身了，不再压在我的身上，而是站在我的身前，她的靴尖停在我额前一寸处。我看不见她的眼睛，看不见她脸上神情，但不必再看了，我知道她必定是那样一副水火不侵的冷漠模样。

"目标已俘获。"她的声音平稳而漠然，"开启SSS级实验室。"

08

后续的事情我已不太清楚，我过得浑浑噩噩，像是身在梦境。自从想起被余镜抛弃的事情后，我便只是待在角落里发呆，任由实验室人员进进出出，用各种奇怪的器具在我身上取血、做实验，甚至是拉我去手术台。

我对任何事都提不起兴趣，哪怕下一刻他们要将我大卸八块，我也能坦然接受。

我能理解余镜的立场，但我无法接受被她抛弃只能等死的这个事实。不是所有大义的受害者都能对此安然处之，至少我不能。

余镜很频繁地出入这间实验室，她每次来时，我都一副无精打采的样子，戴着项圈躺在手术台上背对着她。

她知道我不想看见她，于是也从不试图绕到我的身前与我对视，只是始终站在我身后。有时，她会跟我絮叨一些小事；有时，会给我带来一些礼物；但大多数时候，她只是沉默着，我也沉默以对。

我们默然地待在这间屋子里，任由过去横亘的鸿沟割裂开我们彼此。

过了一阵子，实验室里又添了一张手术台，我不知那是用来做什么的，但我深觉不安。几天后，穿着白大褂的首席科学家走

进实验室，将我捆上旧手术台。然后，我看到余镜走了进来，安然地躺在了那张新手术台上。

"余镜，你想做什么？"我皱起眉头。

没人回应我，屋子里的人只是做着他们负责的事，护士给我体内注入了一剂麻醉剂，我就失去了意识。

等我的意识清醒时，手术已经完成了，我身体无力，属于异种的那份力量似乎消失不见了。余镜走到我身前凝视着我，看起来又像是当年被我在荒野救起的那个小女孩了——眼神坚定、温柔，饱含着眷恋，以及撞了南墙也不肯回头的倔强。

"你拿走了我的力量？"我近乎震怒地问，"你对自己做了什么？"

我不安地想起，我在实验室暴走时，她制住我的那奇特怪力，连异种都挣脱不开。昔日那些疑点瞬间都串联起来，形成令我不安的真相。

我恐惧地看着她："余镜，你到底要做什么？"

她微笑起来，北国的冰雪消融了，春风拂面，她捧起我的脸，替我整理好散乱的黑发，擦去脸颊上沾有的血污，轻声说道："这一次，我终于能替你去死了。"

说完，余镜便起身准备离开，只给我留下一个背影。

我猛地挣扎起来，可手术台上的束缚带依旧很紧，我还失去了力量。

"余镜，你回来，你不是想要我原谅你吗？你要是这么死了，我绝不会原谅你。"

她的脚步顿了一顿，可还是没有回头。

"如果我们能相遇在春季，该有多好。"她如是说。

09

没人前来放开我,这大概是余镜的命令,她不希望我去追她。我拼命地挣扎着,用指甲去磨、用牙齿去咬束缚带。

等我终于脱离那张折磨人的手术台时,已经是下午了,北方基地里的人类都群聚在外,情侣们互相拥抱,家人们搂在一起,自打核战后就尽是一片灰白尘霾的天边泛起玫瑰色的夕阳余晖,晚霞如斯灿烂。

"这里是北方基地,现向全球人类幸存者播报:辐射核心已被摧毁。"

欢呼声震耳欲聋,人们向天空随意抛着一切——帽子、和平鸽、枯萎的花束,人们拥抱着,哭泣着,互相亲吻着。

我呆呆地站在挤挤挨挨的街道上,从未有如此刻这般感到彻骨的寒冷和孤独。

辐射核心被摧毁了,是谁摧毁的,代价又是什么,答案呼之欲出。

我又冲回了实验室中,首席科学家还在那儿,看见我的到来,他毫不讶异,似乎本就在那里等着我。

"余镜说,如果她没能回来,就把这封信交给你。"他说着,将一个洁白的信封递到了我的手中,"抱歉,没能救得了她。"

10

致时棋:

你在南方废城遇险的那天,我去救你了。

人们都在劝我不要去，可我终究还是头脑发热，交代好后事，指定了下一任指挥官，随后孤身一人坐上直升飞机，跑去找你。

于这世界而言，我可有可无，没了我也还有下一个指挥官；可于我而言，你是必不可缺。

等我抵达时，那里早已荒无人烟，我找了你很久，都没有发现你的存在。

我太过绝望，于是冲动地摘下了面罩，脱下了防护服，想随你而去。没想到，我却生还了。我继续在辐射烟尘里挣扎，四处搜寻，终于找到了你。

你没死，只是受伤严重陷入了自体休眠状态，我将你背出了这座废城，带你到安全的荒野之上，照顾你直到康复，然后在你醒来的前一刻离开了——我不敢冒让你和我再次相识的风险。

之后，我回到了北方基地，人们对我的归来十分讶异。他们检查了我的身体，发现我是万里挑一的幸运儿。我因为受到当地的过量辐射而激活了细胞，获取了怪力和通过输血来吸收异种能力的天赋。

但这有副作用，我的细胞很快就会因过分活跃而转变为癌细胞。我快死了，而作为人类中万里挑一的幸运儿，我不再拥有抛下责任的特权，我必须为我的族群做点什么。

我要吸收异种的天赋，等获取足够强的能力后，重返南方废城，毁掉辐射核心——所有武器在辐射核心附近都会因过量辐射而失效，我得靠肉体破坏它。

但其他所有异种都不够强，只有你成功接近了辐射核心还活了下来。

于是，怀着一份私心，我再次接近了你。

但当你向我提出，你可以帮我毁掉辐射核心时，我因恐惧而离开了，我无法忍受再次目睹你离我而去。

没想到，你却主动找上门来，我没有了选择权。在营地时，我还可以包庇隐瞒你的存在，但在北方基地，人类的指挥官不能是个沉溺于情感的人。

我终于狠下心做了手术。

现在，你的天赋也流淌在我的身上了，我将带着两人份的努力前往南方废城，毁掉辐射核心。

这之后，人类终于可以驱散辐射烟尘和残余辐射，而基地的科学家们在你身上的实验也取得了不小的突破和进展，他们利用你不吃人的特性研究出了一种特殊血清，很有可能让异种恢复正常。

我们将把和平还给人类。

漫长的核冬天即将结束，春日将至，替我去看看花吧，看看那些本该在我们相遇之日盛放的花。若能选择，我愿与你相逢于春日之中，没有异种，没有指挥官，也没有核冬天。

我们尽其私心，言笑晏晏。

余镜

11

我把信装入信封，身前有些痒痒的，我微微一怔，从黄裙子的口袋里取出了一朵花。

这是一朵原已枯萎的百合，被余镜捡来送给了我，我带着它一路向北，却在路上放进口袋里就此遗忘。

此时它竟盛放了,像是奇迹,大概是空气里传来了残存的生物电波,将它催发。它的花瓣焕发出新的柔软的光彩,洁白如新雪,颀长的花茎微微下垂,像美人含羞带怯地低眉顿首。

　　这就是春天,是我们本应相遇的季节。

　　记忆里谁的声音在回响,微微带笑。

　　北境春日,姗姗而至。

End

人和，是我和你相互扶持，相伴相生。

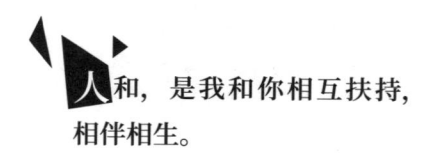

FANYICI

谁不喜欢
搞笑女呢

Fanyici

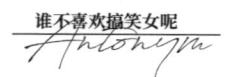

谁不喜欢搞笑女呢

文 / 载酒行舟

一只"鸽子精",代表作有《狂鸽日记》《对酒当鸽》等未见于世的作品。

01

江见月被抛弃了——

倒也不是多么狗血的出轨故事,单身二十余年的她尚没有对象可言,抛弃江见月的是她的喜剧搭档。

对方倒也不算背信弃义,毕竟江见月与他没有过命的交情,他们只是一对为了综艺节目临时组成的喜剧搭档,磨合期甚至还没过半年。

而今综艺节目即将录制,各个组合都定得差不多了,搭档突然告知江见月,有一部电影定了他做男四号。对演员来说,电影永远是最优先的选项,江见月极为洒脱地对他表示了祝福,然后开始思考自己接下来的路该怎么走。

她研究过最出名的喜剧舞台,大多以两个人为主轴,也因此

成就了一对又一对的喜剧搭档——独角戏在喜剧舞台上并不讨巧，而其他组合经过近半年的磨合，已经没有再挤进一个人的余地。

放弃当然是最简单的做法，可江见月不舍得。

喜剧是一部分演员的跳板，另一部分演员的兼职，但对江见月来说，却是她的毕生挚爱。

她曾在小学的班级文艺汇演时出了个丑，当时台下爆发出一阵阵的笑声。

换作脸皮薄一些的女孩早已经哭着离开舞台了，可江见月看着观众的笑脸，竟然也跟着笑了出来。

她喜欢看人笑。

于是江见月不得不重新找个搭档。

留给她的时间不多，距离报名截止已经不到一个星期，江见月急得像热锅上的蚂蚁。大家都有固定工作，少有人能抽出若干个月的时间来进行一场大概率没有结果的豪赌——这档综艺甚至是没有酬劳的。

而向江见月伸出橄榄枝的这档综艺，偏偏打着面向年轻人的旗号，用高情商的话来说，制作方有种不撞南墙不回头的孤勇。

低情商一点讲，这节目就是一副扑街相。

时间越临近江见月越着急，她在碰壁之后看似越挫越勇，实则心里也并不乐观，只是凭着一腔执拗和一丝侥幸心理，想着要坚持到最后一刻而已。

找搭档的第五天，她收到一条微信消息，来自没有备注的"常清静"——

这三个字看起来像是人名，但因为这人头像就是一本《太上

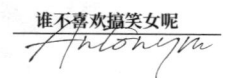

老君说常清静经》，所以具体是不是人名还有待商榷。

  常清静的定位正在本市，江见月和她约在星巴克详谈。

  江见月提前一个小时到了星巴克，点了一杯咖啡坐在门边等人。在先前短暂的线上聊天里，常清静说自己是从江见月朋友圈看到她在找搭档的，但江见月其实想不起来常清静究竟是谁，也不记得自己什么时候加了常清静这样一个人。

  只是截止日期就在明天，她对搭档的要求已经从择优录取变成了是个人就行。

  既然常清静说自己有剧组工作经验，那应当问题不大，江见月这样宽慰自己。

  常清静是踩点到的，江见月先收到了她的微信消息，言简意赅的"我到门口了"五个字，还没有来得及回复，就听到玻璃门被推开的声音。

  推门的人束着简单的马尾，穿着一身运动套装，只是最普通的搭配，却硬生生被她穿出一种出尘脱俗感来。那人进门后环视四周，目标明确地坐到了江见月对面。

  江见月确信自己听到了一些男生因为没来得及搭讪而发出的叹气声。

  漂亮姐姐谁不爱呢，江见月很体谅这些人，可是仙女和搞笑女完全不是一个物种。

02

  江见月终于想起常清静是谁了，她固然有剧组工作经验不假，

但这经验实在不对口。

常清静果然不是真名,这人名叫常声,是江见月当初在某个武侠剧组跑龙套的时候遇到的姐姐——但她不是演员,而是剧组的武术指导。

当时某些倚老卖老的演员对这么一个年轻小姑娘做武术指导颇有微词,等到常声和对方练过一场后,那些阴阳怪气的声音瞬间消失无踪。

人都是畏强的,而常声的剑看起来真的会砍人。江见月在剧组认识的龙套小姐妹曾这样和她转述当时的场景。

江见月入组比较晚,没能见到常声舞剑的场景,只听了一耳朵常声的八卦:据说她是峨眉派的亲传弟子,据说她家是习武世家。

江见月一个都不信。

人们喜欢给美女编造各种非同寻常的身份,如果常声没展示这一身好武功,流言就会往不堪入耳的方向发展——无论是好是坏,这些流言都没有凭据,只能满足好事者的窥私欲和八卦心理罢了。

江见月通常选择直接验证。

她是有一点社交天赋在身上的,搞笑女并不畏惧尴尬,在社交上一往无前,很快蹭到了常声的旁边。

常声当时正在拭剑。剑是剧组的道具剑,没开刃。常声将剑平放在膝上,用湿纸巾一点一点地擦过,动作神色都很认真。

"老师。"江见月提着小马扎坐到常声对面,小声说道,"我听说你是峨眉派的弟子,但是我去峨眉山的时候一个峨眉弟子都没见过。"她皱着脸叹一口气,抱怨道,"只见到了一山的猴子,它们还抢走了我的包。"

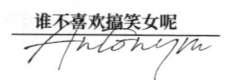

"你们峨眉弟子都住在哪里啊？"一通输出后，江见月抛出问题。

"我也想知道。"常声说，"为什么大家都觉得我是峨眉派的弟子。"

江见月刚想打圆场，表达一些看多了武侠小说的现代人对武林人士的常见刻板印象，就听到常声紧接着说："明明我在武当修行。"

"但是武当不都是道士？"江见月很震惊。

常声："我是俗家弟子。"

江见月："可是你看起来一点不像俗家弟子。"

这倒是实话，常声看起来一副出尘脱俗的样子，说是得道高人也不违和。

"因为现在做道士要证的。"常声小声解释，"我还没有。"

江见月于是笑了起来，紧接着又提出一连串的问题，譬如武当弟子都住在哪里，平时都做什么，也会上网吗……总之一副很没见过世面的样子。

常声很好脾气地一一回答。

江见月便得寸进尺，拿出手机企图加漂亮姐姐的微信。

可惜常声说手机不在身边，江见月又被叫去走戏，只仓促地讲了自己的号码就离开了，整件事不了了之。

江见月本来以为手机不在身边是委婉的拒绝，结果原来不是，"常清静"也不知道什么时候躺进了联系人列表里。

"叫我小江就好。"江见月殷勤地递过去两颗水果糖，看向常声，"常老师？"

"清静是我的道号。"常声说,"叫我阿声也可以。"

"你考过啦?"江见月当即想起那时常声很不好意思地说自己没证的场景。

"嗯。"常声很矜持地点头,"今年刚过的。"

江见月适时进行一番吹捧。

话题不可避免地转向这次见面的原因,江见月和常声说明了她寻求搭档的始末,以及这档综艺的性质——喜剧综艺免不了要做大而失当的表情,行业术语叫作使相,但外人看来更像是表情崩坏。

这些表情和眼前的美女怎么也搭不上边,至少江见月想象不出常声五官乱飞的样子。

常声有一张得天独厚的脸和一身经年修道修出的冷清气质,怎么看怎么像个仙女。

江见月很担心毁坏仙女的形象。

"我不在意这个。"常声思量片刻,提出另一个问题,"但如果我做不好的话,会不会拖你后腿。"

江见月完全不在意这些。

这个喜剧综艺是竞赛模式,其他组合都早早开始准备,只有江见月在临时抱佛脚,直到现在都还在找那只肯上架的鸭子,可以说仓促到了极致。

所以比赛的胜负完全不是江见月要考虑的事情,与其说有什么得胜的野心,倒不如说她把这档综艺当成一个喜剧进修班,真的只是想参与一下。

"那很好啊。"常声道,"没有强烈的胜负欲就更能享受过程的快乐。"

江见月握住她的手,隔着短桌狠狠摇晃了两下,激动地道:"你懂我!"

常声任她握着,伸出另一只手胡乱撸了一把江见月毛茸茸的脑袋。江见月留中短发,发质细软,很适合揉搓。

亢奋的情绪消退下去后,她将常声另一只手也按在自己脑袋上,炫耀道:"每个摸我脑袋的人都给了五星好评哦!"

"你怎么会想到要参加喜剧节目?"一番闹腾过后重新回到正题,江见月也就问出了自见到常声就抓心挠肝好奇的事情,毕竟对面的人浑身上下都冒着仙气,和搞笑没有半毛钱关系,她去参加选秀节目都比去喜剧综艺合理得多。

"师父说我也到了该入世的时候,让我多接触一点人。"常声道,"刚好我就看见你的朋友圈。"

江见月就晓得了,原来是恰逢其会。

03

江见月踩着最后一天的点儿,拉着常声搬进了主办方的喜剧工坊。里面尽是些辗转于各大喜剧节目中的熟脸,江见月倒是和他们很熟悉,可惜只是单方面的熟悉。

一个普通搞笑女和一个仙女混在一群专业喜剧演员里,活像一碗米饭里掉进去两粒黑豆——也不是不能吃,但就是很不合适。

每次到食堂吃饭的时候,江见月都能听到演员们雕琢表演细节和打磨剧本的讨论声,她和常声对坐着面面相觑,只能称赞今天食堂的饭做得实在美味。

"我们的剧本,写得怎么样了。"常声凑近江见月小声道。

江见月也凑过去，用气音回答她："差不多了。"

前一个搭档和常声的风格差距过大，所以准备的剧本也和常声完全不兼容，江见月花大把时间改了又改，最后把笔一摔，决定重写，至今已三天有余，卡文卡到脑袋都要卡掉。

常声眼睛就是一亮："那你给我讲一下。"

江见月说："就是既差又不多的意思。"

常声听完一愣，然后笑起来，她笑了将近十秒，一边笑一边和江见月讲："我喜欢这个笑话。"

"你的笑点好怪。"江见月说。

"有吗？"常声看向她的眼睛，很认真地解释，"我不常听人说笑话。"

"怪可爱的。"江见月补上后半句。

常声便又笑了。

这真是好老的一个梗了，江见月在觉得常声听过的笑话实在不多之余，也因此增长了信心：倘若她的剧本不能逗笑所有人，至少可以逗笑一个人。

然而创作终究是痛苦的，赶时间创作则更加痛苦。江见月坐在电脑面前噼里啪啦打字，面上云淡风轻波澜不惊，背地里恨不得把电脑直接爆破。

人怎么能脑袋空空到这个地步，她把自己的头发抓成鸟窝，很不可思议地想。

距离第一次展演只有不到十五天时间，而她们现在连个本子都没有。

这个时间常声在外面练剑，她的作息规律得让江见月这种夜

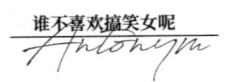

猫子难以想象，她每天固定九点睡五点起，洗漱完后出门锻炼。练剑的常声本该是喜剧工坊的一道好景，可惜这景无人欣赏，编剧和演员普遍昼夜颠倒，半夜创排白天睡觉。

而江见月之所以能和常声同时保持清醒，是因为她写剧本写到现在还没睡。

晚上，是创作者一天里灵感最为充沛的时候，其次是早晨。江见月将两个时段合二为一，从晚上一直熬到早晨，作息可以说是非常不规律了。

常声也在调整作息，毕竟如果一个团体里所有人的作息时间都不正常的话，那个唯一正常的才是那个不正常的人。

常声为了与大众保持一致非常尽力，可惜她的生物钟过于好使，哪怕前一天晚上和江见月一起熬夜到一点，第二天五点钟还是精准地起床了。

练剑回来的时候常声给江见月带了饭，三菜一汤。江见月一骨碌滚过去，拿起个馒头开始啃："呜呜呜我是个废物，我一点灵感都没有。"

常声拍拍她的背宽慰她："睡一觉醒来就有灵感了。"

"你根本不关心我们的比赛。"江见月咬着馒头在沙发上滚来滚去，很是郁闷，"你只关心我的身体健康。"

常声对一夜没睡神经过敏的人很有耐心："不是说胜负不重要的吗？"

江见月嗷呜号了一声，从沙发上弹起来："但输赢是一回事，丢人又是另一回事啊！"

到时候上了舞台，在所有人面前演一出垃圾剧本，场面一定非常尴尬。

虽说江见月脸皮很厚，很少有什么事让她觉得尴尬，但只在社交领域如此，在自己钟爱的事情上，江见月尴尬的阈值甚至比寻常人还要低。

常声将她镇压回去，无情道："丢人总要好过病人。"

"吃饭，睡觉。"常声指了指茶几上的三菜一汤，又指了指身后的床。

"那剧本怎么办？"江见月力气大不过常声，身高也高不过常声，只好蜷成一团坐在沙发和茶几之间的空隙里，拿起筷子往嘴里扒拉菜，一边扒拉一边嘟囔着。

"我来写。"常声如是说。

结果江见月醒过来的时候，常声也睡倒在沙发上，笔记本电脑放在茶几上，光标在文档最末端一下一下地闪烁。

江见月叹一口气，把自己方才盖的毯子盖到常声身上，去看常声的剧本。

因为专业实在不对口的关系，常声的剧本格式可以说乱七八糟，显然出自外行之手，但叙事利落稳健，也别有一番清新味道。

是我着相了。江见月一边看一边反思自己。

常声并非不适合喜剧，她行事有种独特的节奏，自己倒很自如，只是和其他人的生活格格不入。江见月先前写本子总想着平衡这种抽离感，但这份格格不入在某种意义上讲，本身就是一种浑然天成的幽默。

江见月彻底振奋起来。

改变了着力点之后，创作果然变得顺利，灵感喷薄而出，江见月将电脑键盘敲得嗒嗒响。

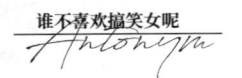

常声早已经醒了。

习武之人对自己周遭的变化总是很敏感，在江见月还没从被子里钻出来的时候，常声就已经听到她的动静并醒来了——后面她其实是在装睡。

写不出来是真的写不出来，常声在这一刻彻底和江见月共情了。

她很怕看到江见月醒来之后看到剧本进度后的反应。然而江见月没什么反应，直接在常声的文档上改了起来。常声在沙发上偷眼看江见月，看她低头时认真的模样和键盘上翻花一样的手指，忍不住感慨一句厉害。

虽然先前江见月写稿时也并不轻松，但现在常声亲自动手写了写，才理解了这不只是打几个字的事情，而是非常烦琐的工作，上下文的连贯、删除和修改。

"我点了外卖。"江见月没有回头。

她二人这一觉睡得实在很长，从凌晨一直睡到傍晚时分，工坊的食堂也已经不再营业了。

"你知道我醒了？"常声在她身后很诧异地问。

"你装睡装得其实不是很好。"江见月失笑，又有些忧虑，连装睡都这么容易被发现，上台的时候该如何是好。

04

上台的问题不止演技一个，毋宁说，演技其实是很好解决的问题。

江见月将常声要扮演的角色写得尽量贴近她的性格，让常声

在舞台上只需要做自己，最大程度地规避了她的演技短板。

然而，更大的问题是常声的笑点。她的笑点实在很低，是江见月难以想象的低。

通常笑点还没演到，常声就已经提前笑了，她在舞台上笑得东倒西歪，感觉不像一个喜剧演员——不管多么稀烂的梗，常声都能从中得到趣味，实在是每个喜剧创作者的理想观众。

这直接导致舞台排演在前期很难进行下去，一直到常声将这些笑话背得滚瓜烂熟，彻底脱敏之后，她们的排演才得以正常进行。

常声的低笑点还带来了另一个问题。

因为无论大梗小梗老梗新梗，常声都能给出很积极的反馈，导致江见月被常声捧场捧得心里很没有数，觉得这剧本实在是个杰作——江见月的这种膨胀心理一直持续到在第一次公开展演上看到其他观众的反应为止。

展演并非正式登台，但也有观众入场，以利主创对节目的把控。这些观众也很捧场，却是与常声不同的捧场，在没那么精彩的部分，他们的表情冷淡到堪称苛刻。

常声唯一的表演经验就是与江见月排演的这两个星期，她精神振奋地走上台去，一丝不苟地完成自己的表演，下台的时候却难免被打击得有些沮丧——现在江见月面临的问题又多了一个。

真不错，江见月长舒一口气，有些无奈地想。

"不喜欢他们的反应？"江见月走到常声坐着的单人沙发那里，强行给自己挤出一个身位。

"和我上台之前想的不一样。"常声把脑袋靠在江见月的肩膀上。

江见月只用二十天的时间就了解了常声，她看起来是目下无

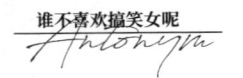

尘的仙女，清冷的身体里却住着个没长大的小姑娘。

小时候她被送到山上习武，山中无亲无友，只有教导她的师父，下山后又有许多人因她模样疏离不肯靠近，以至于常声在处理人际关系上表现得极为笨拙。

她笑点低泪点也低，被观众的冷漠打击得不轻。

江见月给了她个温暖的拥抱，讲出来的话却没那么柔软："观众就是这样的。如果我们表现得足够好，他们会是最捧场的朋友，但我们没那么好的时候，他们也会是最严格的老师。"

话锋一转，江见月又开始小声哄她："我们表现得也差不多嘛，你看那个组，有的观众看不下去，都玩起手机了。"

常声笑了笑，复又抬起头问江见月："这个差不多，也是既差又不多的意思吗？"

"是只差一点点，但留给我们努力的时间已经不多了的意思。"江见月正色道。

常声伸出手将江见月的手拢住，很认真地对她许诺："那我们就加倍努力。"

江见月点头回应她，心中却忍不住想另一个问题——

分明她和常声的身高只差五厘米，怎么常声就能轻松拢住她的手呢？

于是江见月修改剧本，常声逐渐适应新的笑点，两个人一路跌跌撞撞地往前走，在一次又一次的展演和修改剧本里逐渐进步，也磨合得更加默契。

第一次展演和第二次展演之间隔了十多天，第二次和第三次则只隔了一个星期，而正式舞台表演距离前一次展演，只有一天。

她们在上一次展演中发现的问题尚来不及打磨,就已经到了最后登台的时候。

展演时紧张的人是常声,此时更紧张的反倒成了江见月。

候场区和舞台之间有一条昏暗的短廊,是舞台灯光和后台灯光都不能照到的地方。

前一组表演嘉宾的声音透过幕布清晰地传过来,江见月紧握着常声的手,叮嘱她:"只是一次普通的演出而已,和之前几次都没有什么区别。"

常声回握她的手,不提这已经是江见月第五次说这话。

"加油。"她说。

正式舞台的灯光要远远好过展演舞台,舞台左右也挂上了赞助商提供的品牌标识。

导师们坐在台下表情含笑,带着上一个节目未消的余韵,导师的身后是已经有些疲惫的观众——她们抽到的签是十二号,实在算不上什么好签。

江见月深呼吸一口气,说出整个节目的第一句台词。

这故事大抵是个富家千金离家出走遇上窃剑侠盗的故事,以二人墙头相撞为始,以千金赠剑作别为终。

故事的最后江见月站在舞台侧面,与同场的数百个观众一起看侠盗得剑后以剑舞作为谢礼,赠予富家千金。

真好啊。

侠盗舞剑罢,隔着半边舞台望向千金时,江见月这样想。

最终成绩要等到所有组合都完成表演后才能揭晓,江见月尚未来到观赛区便已经满血复活。常声以为成绩揭晓之前正该是紧

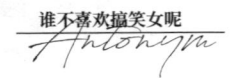

张的时候,问道:"你先前不是很在意吗?"

江见月很洒脱地摆摆手,表示自己已经不在意了:"尽人事听天命啦。"

"倒是很有顺其自然的意思。"常声评价道。

"所以我和你道有缘?"江见月问道。

"嗯。"常声说,"你和我有缘,也算和我道有缘。"语罢做了个很专业的手势,"福生无量天尊。"

"先前怎么不听你说什么无量天尊。"江见月在椅子上找了个合适的姿势,蜷缩着坐进去。

常声坐在她旁边,道:"这句是希望祖师爷原谅我的意思。"

江见月颇觉诧异:"你说了什么需要被原谅的话?"

常声却不说话了。

05

两人第一轮的成绩算不上好,姑且算是低空飘过,侥幸留了下来,但这种幸运却未能延续到第二赛段。

常声是很聪明的人,入门之后演技进步很多,江见月也趁着和前辈交流的机会急速吸收着相关知识。只是在每天凌晨四五点两个人都还没睡的时候,江见月会忍不住觉得自己带坏了一个作息规律的好青年。

可惜虽然她们都在进步,但比起其他磨合很久的搭档终究有所不足,何况她们的第一个节目,有相当一部分人投票是因为常声最后让人眼花缭乱的剑术。

这是取巧的做法,江见月反思自己。

之前她没有留下的信心,觉得她们兴许只有这一个节目,常声这么好的剑术倘若不能展示出来,实在是一种损失,故而强行将舞剑的剧情写进剧本里。

　　可是同样的套路江见月不肯用第二遍,她看过前辈们的表演,平心而论,她们确实还不够好。

　　距离喜剧工坊三百米的地方有一家小饭馆,据参加这档综艺的其他喜剧创作者说味道很不错,临走之前,江见月决定请常声搓一顿。

　　结果两个人走进去,一个人走出来。

　　道士不能饮酒,常声以茶代酒和江见月告别喜剧工坊。

　　而江见月对自己的酒量毫无概念,常声饮几杯茶,她竟也饮几杯酒,两杯酒下肚,江见月还敢喝,常声却不敢喝茶了。

　　但此时江见月也已经醉了,她趁着酒意问常声:"倘若这个节目有第二季,你还会来吗?"

　　"和你一起吗?"常声问她。

　　"那你还想和谁一起?"江见月听到这个问题,顿时张牙舞爪,开始排查嫌疑人,"是不是 AA 小队的那谁,我就说他天天来找你是'图谋不轨'。"

　　"他的本子主角是个道士,是在找我取材。"常声无语。

　　江见月一拍桌子,很是愤懑:"你还帮他说话!"

　　"我……噗。"理论上常声应当宽慰江见月,但她觉得对方强词夺理的样子实在好笑。

　　江见月有点委屈了:"我这么生气,你还笑!"

　　常声赶忙憋住,但憋不住。

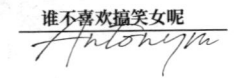

江见月哇的一声哭出来。

"和你一起的话,我当然会来。"常声道。

江见月刚掉过眼泪,眼睛亮晶晶的:"和我一起就来吗?"

"嗯。"常声认真答应她。

江见月便蹭过去,得寸进尺地道:"那我还知道另一档综艺,最近也在招主创,和我一起去吗?"

"你在这儿等着我呢?"常声在喜剧节目浸淫日久,已然学会了吐槽。

"那你去不去?"江见月问道。

常声叹一口气,妥协道:"去。"

江见月欢呼起来。

06

这档喜剧节目收官的时候,制作组将曾经参与节目的每一位主创人员邀请到台下,作为观众见证冠军的诞生。

最后摘得桂冠的小队在领奖台上大谈创作不易,能拿到这个冠军也是因为天时地利人和。

江见月在台下不认真听讲,和常声交头接耳:"我们也有我们的天时地利人和。"

常声偏头看过来。

江见月说:"天时是你要入世,刷到我的朋友圈。地利是你走店门,精准坐在我面前。"讲到这里她顿了顿,有意要吊常声的胃口。

"那人和呢?"常声很给面子,追问她下一句话。

江见月对常声眨了眨眼，神神秘秘地道："仁和，是一家大药房。"

　　常声笑了起来。

　　我果然还是喜欢看人笑，江见月这样想着，也跟着常声笑起来。

　　人和，是我和你相互扶持，相伴相生。

End

有没有人为您送过花、放飞过气球?

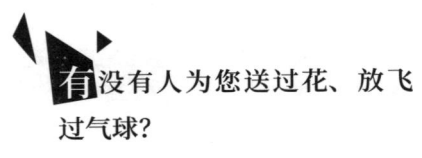

FANYICI

告别她的岛屿

Fanyici

告别她的岛屿

文 / 檐中

为了我们的相见,干杯!

01

【没有人想做笼中鸟,不是吗?】

"我的花开始枯萎了,"一个抱着花的女人站在屋檐下,她带着一身湿意,呆呆地望着祁絮,"十一区的人都说你可以帮我留住它。"

祁絮从她怀中抽出一枝花,放在鼻下轻嗅,花上还残留着一些颓败的香气,像眼前这位女人的气息。

"您来晚了,我正要出远门。"

女人慌乱起来:"能不能先帮我留住它?就像你的那些标本一样。"

祁絮微微抬起眼,她眼中好似蕴含了无尽宇宙,教人神魂颠倒,想要在她眼中探究更多。

"我只是一个小小的魔术师，没有办法帮您留住它。"

她把花插回花束中，语气犹如孩子般恶劣："美丽的东西总是很短暂，留住它需要趁早。您之前没有下决心，现在您再也留不住它了。"

眼见祁絮登上光艇，即将离去，女人失魂落魄地追喊着："你要去哪儿？什么时候回来？"

"我要去——"

随着光艇舱门的关上，未说完的话一同没入其中。

雕鸮从舱内房间飞出，落在她的左肩，以机械的声音同她搭话："昨日，一区姜家公布继承人为姜家大小姐姜妤……你有没有见过她的样貌？那是一种威严的美，像鹰、像隼，不过我想你会更喜欢姜家那位小小姐，那真是一只美丽的……"

云州大陆共有十一个区，区与区之间隔着阶级鸿沟，一区住着高官权豪，治安严密，而十一区龙蛇混杂，几乎人人背后都有未被发觉的秘密。

祁絮熟练地打开操作台，设置好目的地，随后便十指相扣抵在下巴上，凝视着操作台上那份由数据构造出的人像——赫然是姜家那位神秘的小小姐，姜栩栩。

她费了许多功夫才找到姜栩栩的人像数据。

姜栩栩在外界传闻中一直很神秘，有人说她从小体弱多病，姜家便把她放在自家的私人小岛上养着，一放就是二十一年；也有人说她在小岛上生活，仅仅是姜家避免她与大小姐争权的手段。

但所有传闻中，只有一件事众人心照不宣：她宛如一只被豢养在华丽牢笼里的小鸟。

如今继承人人选尘埃落定，姜家便打算在她二十四岁生日时为她举办一场盛大的生日宴会,以表示姜家从未亏待过她。

"她很美丽,不是吗?"祁絮看向人像的目光实在不像欣赏,像探究,"美丽的东西总是让人心生向往。"

"要怎么永久地拥有一种美丽?"她喃喃自问,却并不需要一个回答。

姜栩栩的生日宴会在小岛举行,祁絮以魔术师的身份参加了这场宴会——除去生活在七区,有一个制作标本的爱好,她的履历实在看不出异样——是的,祁絮将自己的地址改为寻常人生活的七区,姜家没有查出异样,因此邀请了她去宴会上表演。

祁絮悄然混入厅堂,找了个角落站着,她站的地方安全而隐蔽,从这个角度看过去,正好能看见姜栩栩。

姜栩栩所站的每个地方都成为宴会的中心,她每迈出一步,便有无数的目光跟随着她的步伐而动。她从未接受过这么多目光的注视,心底不由自主有些发颤,但她的礼仪被教导得很好,知道自己不该把这种胆怯表现出来。所以她努力表现出欢喜的模样,向每一位与她问好的人微笑颔首,再轻轻地碰一下杯,抿上一小口香槟,从容得像历经了千百场宴会。

不可否认,姜栩栩优雅又美丽,她穿着露背燕尾裙,裙摆层叠在地,迤逦成一朵巨大的、盛开着的白玫瑰。可祁絮无暇在意这美丽,她只看见姜栩栩的脖子白皙秀颀,柔美的线条从脖颈延续到后背,最后没入礼服中。

越白皙的肌肤越与血色相衬,祁絮脑子里闪过无数画面与碎片,红的白的。她忽然觉得心痒难耐,于是从衣兜中掏出自己的扑克,三下两下拆了外封,牌在她双手指间疾速翻飞旋转,她凝

望着姜栩栩，眸光逐渐明亮起来。

最后一张扑克从指间回到手心，她慢条斯理地将牌整理好，放进自己衣兜中，等着雕鸮为她衔来面具。

面具是夸张的羽毛面具，戴在脸上能遮住大半张脸。祁絮很喜欢这种遮掩住面容的感觉，她将面具扣在脸上，只留一双狭长的眼睛。

她对雕鸮说：" 嘘，登台了。"

随着这声"嘘"落下，全场忽然转暗，整个厅堂只余一盏灯发着微弱的光。众人开始耳语，在嘈杂声中祁絮轻巧地穿过人群，停在姜栩栩面前。

姜栩栩显然有些受惊，她颤抖着眼睫，却不敢眨一下眼睛。她手中还握着酒杯，酒杯内酒液也因为她的害怕而有轻微的波动。

像只兔子，祁絮心不在焉地想着。她含笑把姜栩栩手中的酒杯交给侍者，然后牵起她的手，在她手背落下一个吻："别紧张，我是来为您表演的。"

这是个古老的吻手礼。

姜栩栩短促地"啊"了一声，但很快，祁絮松开她的手，将手中骤然出现的红玫瑰送给她："送给您，今日的主角。"

姜栩栩伸手去接玫瑰，在手触摸到玫瑰的那瞬间，她看见对面的魔术师狡黠地眨了下右眼。她一个微怔，恍神间发觉玫瑰不知去了何处，落在指尖的成了一种自己从未见过的美丽生物，她"呀"出声，语气又惊又喜。

"喜欢吗？这是练鹊。"祁絮观察着她的一举一动，忽然起了坏心思，将食指贴在自己唇上，用最轻柔的语气说，"嘘，别把它吓跑。"

练鹊站在姜栩栩指尖歪着头，姜栩栩果然屏住呼吸，短暂的屏息令她心跳加剧，可她不敢松气，生怕惊扰了它。她的眼睛因为屏气变得湿漉漉的，大约是难受了，她无助地看向祁絮，祁絮才发现她的眼尾处竟然泛起了红，红得诡丽。

　　一只从没有接触过外界的小鸟，害怕黑暗和未知，却又不肯松手。祁絮心想，引诱囚鸟离笼，倒也有一种奇妙的快感。

　　姜栩栩的眼神太乖巧可怜，被这种眼神祈求，即便是性情古怪如祁絮，也有了些轻薄的罪恶感。祁絮终于大发慈悲放过她："好了，放轻松，它是你的了。"

　　这个专属于姜栩栩的小魔术很快将宴会送上高潮，几乎所有人都注意到姜栩栩的法式发髻上突然多出一朵红玫瑰——那显然是祁絮簪上去的。但姜栩栩自己还没有注意到，她被练鹊迷了眼，一心只想留住它。

　　魔术并不是宴会的重心，因此祁絮很快退场，去到幕后。

　　宴会上依旧觥筹交错，人与人之间的攀谈声不绝于耳，姜栩栩周边却冷清得好像一个笑话。

　　忽然，练鹊从她指上飞起，在厅堂中兜兜转转几圈，最终飞过人群，朝着偏门的方向飞去，她不假思索地拎起裙摆，追逐着它离开这场宴会。

　　练鹊飞回祁絮身边，停在祁絮的手指上。

　　姜栩栩也跟着来到祁絮面前，之前在宴会上太紧张，离近了这才看清楚祁絮的面具。

　　她的面具上缀着流光溢彩的羽毛和黑珍珠，配上祁絮狭长的双眼，仔细看过去有一种奇异的美感。

姜栩栩像是被蛊惑住了，她毫无征兆地伸出手覆在面具上，似乎是想要摘下它。然而在她准备摘下面具的时候，又如梦初醒，惊讶地收回手，往后退了一步，好像完全没想到自己会做出这种无礼的事情。

祁絮笑容不减，她似乎早就知道姜栩栩会出现在这里。

"想知道面具下的我长什么样？既然想知道，为什么不摘下来呢？"

"可以吗？"姜栩栩有些动容，不过很快她又小声地说，"算了。"

她眼中还有些惋惜，祁絮佯装没有看见，只是温声细语地引导姜栩栩："姜小姐怎么不在宴会中？"

说起这个，姜栩栩显然有些不自在，她踌躇好半天，终于开口问出自己心中的疑问："我方才过来的时候，在转角听见有人说我像只笼中鸟，被囚禁在这个岛屿。他们为什么说我像笼中鸟？"

祁絮的眼神变得很耐人寻味："因为总有人迷恋鸟儿的美丽，从而把它圈养起来。"

她停顿一下，忽然伸手将练鹊抛向空中，练鹊在半空中张开翅膀，飞走了。

"您看，鸟长着翅膀，就是为了飞翔，但是被圈养起来的鸟儿，已经没有了飞翔的能力。"

见姜栩栩的目光中流露出羡慕，祁絮婉转地肯定着："没有人想做一只笼中鸟，不是吗？"

不知是不是魔术师连声音也需要多变，祁絮说这句话的时候，嗓音低沉得像要哄人入睡。

此刻光线昏黄，夕阳还未完全落下，姜栩栩心中仿若有海风吹动着她不知名的情绪。她困意骤升，于是掩着嘴打了个哈欠。

"您困了，回去睡吧。"

02

【有没有人为您送过花、放飞过气球？】

当晚，姜栩栩突然病了，她无端发起热，惊醒一别墅的人。

在炙热的体温与浑浊的思绪中，她倏而想起魔术师那双眼，才惊觉它原来像一对蛇眼。

幽晦深夜将这种恐惧无限放大，姜栩栩只觉得自己踩在云端，这种飘飘然的感觉令她难受，她想要找到出去的路。然而路绵长没有尽头，她回过头，猝然发现四面八方都是蛇，它们咝咝吐着舌头，定定地看着她。她好像一只被标记的猎物，在惶惑不安中等待着被拆吃入腹的那一刻。

姜栩栩蓦然惊醒，柔软的睡裙早被冷汗浸湿，贴在后背有一种不适感，说不清是因为黏腻还是因为恐惧。

她想下床去洗个澡，脚落地的瞬间有股寒意从心底直奔头顶，刺得她脑袋生疼，她脚下一软，跌跪在地。

人对危险总有一种天生的直觉，姜栩栩下意识地看向露台，露台与房间之间是玻璃推拉门，没有锁。因为窗帘被风吹得鼓胀起来，姜栩栩从被掀起的那条缝中看见一双脚。她毛骨悚然，眼见就要尖叫出来，但有人比她的声音更快——那人几乎是闪现在她身后，以风驰电掣之速捂住她的嘴。

与姜栩栩的温热截然相反，这双手冷得可以与机甲媲美，姜栩栩觉得脸上又烫又冰，她害怕，她想叫出声，然而声音从对方

指缝间流淌出来，只剩下"呜呜"声。

"原来您怕我。"

在视觉受限的情况下，其他的感官总是能变得更敏锐，姜栩栩轻而易举认出了这是魔术师的声音。她紧绷着的情绪正要缓和，后颈却忽然一凉，不知是什么东西贴在了她的皮肤上。她浑身战栗，整个身体颤抖着，但那冰冷的感觉并没有消失，反而从她的后颈一路蔓延到她的脊梁骨上。

"那是什么？"姜栩栩呜呜出声，然而魔术师无动于衷，她甚至把捂着嘴的手半松开，顺势把虎口卡进姜栩栩上下齿之间，捏住姜栩栩下颌，迫使姜栩栩扬起头与她对视。

"这样看您好像更美丽了一些。"

魔术师比她高半个头，这种身高差让姜栩栩不得不踮起脚来，她的眼神中充满惶恐。魔术师来时没有戴面具，她微微低下头，眨了眨右眼，她上下飞舞的眼睫如一只翻飞的蝴蝶，落在姜栩栩眼中像一只蝴蝶落入了花丛。

姜栩栩又被她的外表蛊惑住了。

魔术师面具下是一张妖冶的脸，去掉帽子与面具的遮挡后，那双眼睛显得格外深沉，宛如一片危险的海域，总吸引着人望过去。她的鼻梁上有一点小痣，即使这颗小痣颜色不深，落在这儿却也像一处开关，姜栩栩觉得自己的手蠢蠢欲动，总想去摸一下那颗痣。

结果当然是没有摸成，在姜栩栩即将触摸到那颗痣时，魔术师松开了对她的钳制。

"我承认这样很不礼貌，但是姜小姐，您要是声音太大，那我可就有麻烦了。

"我来是给您赔罪的，我见到您的时候，心里只想着您应该配一朵玫瑰,从而忘记了玫瑰上涂抹着特制药剂,我想您可能是不小心被玫瑰刺到,所以才引起发热。"

她递出准备好的道歉礼:"得到消息的时候正打算离开,礼物选得有些粗糙。"

姜栩栩如梦初醒,她心神不定地接过小礼盒。

"不拆开看看吗?"

"啊?好。"她小心翼翼地拆开上头的蝴蝶结,礼盒里放着一只水晶球,球中心有只黑头白羽练鹊。姜栩栩用食指轻轻敲击着玻璃,惊喜地说道,"是练鹊!"

然而里头的练鹊无动于衷,于是她捧起礼盒,把它放在眼前仔细端详。看了许久后,她终于意识到这只与宴会上那只几乎一模一样的鸟并不是活物。

这是一只被囚禁在水晶球中的美丽练鹊,它栩栩如生。

白天练鹊落在指尖的触感在此时重现,她手一抖,水晶球掉出礼盒,在她被子上骨碌碌滚起来。

姜栩栩脑中有个念头如电光石火一样,飞快地出现又飞快地消失,她颤抖着手,想要捡起那颗球。

祁絮动作比她更快,她轻松地捡起它,放回礼盒中:"您好像不满意?"

姜栩栩想把礼盒盖上,然而在祁絮的视线下,她好似被短暂地冻住了,全身上下都僵硬得很,根本无力合上它。

"看来我需要想一个新的赔礼方式,"她突然俯下身,视线与姜栩栩相接,"您去过游乐园吗?有没有人为您送过花、放飞过气球?"

近距离的平视让姜栩栩发现祁絮的瞳色近似墨色,在这种瞳

色中，她的思绪渐渐放缓，她看不见自己的倒影，只觉得自己像溺在深海中，找不到一个落脚点。

"那就是没有了，明晚我会再来向您赔礼的。"祁絮弯着唇，伸手替姜栩栩把礼盒盖上，然后屈指在礼盒上轻敲两下，"或许您应该学会欣赏这种美丽。"

03

【作为一座岛屿，它已经很美丽了。】

第二晚，姜栩栩满怀期待地等来了一艘无人的光艇。

光艇在她面前停下，舱门处逐一降下光阶，姜栩栩拎起裙摆，小心翼翼地踩上光阶。

光艇的内部空间远比看起来要大，姜栩栩还没来得及仔细打量，舱门便再次被打开。她好奇地向外探出身，立即被吓得连连后退，然而又忍不住想往外看。

光艇下面是海，幽深的海，从上面往下看，海面更像一只蛰伏的巨兽，只等睁眼的那一刻。姜栩栩从心里敬畏这片海，她放轻呼吸，看见祁絮正从海面上走来。她每走一步，脚下的海水就随着她的动作波动一下；每波动一下，海面就逐渐亮起光。那光并不刺眼，相反有些柔柔的，好似月光。

姜栩栩惊叹出声。

舱门处浮现出光阶，姜栩栩慢慢走下去，在最后一阶的地方顿住。祁絮离她不过十米之远，却确确实实站在海面上。这一刻她突然不想知道自己会不会掉进海中，也不想知道祁絮是如何做到在海面上行走的，她鼓起勇气，走下最后一阶。

脚下的触感有些软,她一鼓作气朝着祁絮的方向跑去,很快她站在祁絮面前喘着气。

"您会跳华尔兹吗？"祁絮闻到姜栩栩身上有种清香,像是玫瑰。她忽然低下头,仔细嗅着姜栩栩的发,然而离得近了又发现这香气没有玫瑰那么浓郁。

姜栩栩红着脸："会跳的。"

"能邀请您跳一支舞吗？姜小姐。"祁絮伸出一只手邀请她。

海面上应景地响起《蓝色多瑙河》,姜栩栩把手搭上去。

她们在海面上旋转,头上是星空,脚下是海水,两人的身体随着舞步大开大合,祁絮进左步,姜栩栩进右步。姜栩栩仰头看祁絮的眼睛,她头一次这么长时间直视她,大抵是今日的夜色与光效加成,她好像在祁絮眼中看到了自己。下个动作是转身,她感觉自己的灵魂随着身体一起被转出去,她仰起头,入眼的竟然是漫天星辰。

"姜小姐,您在想什么？"

"在想……"姜栩栩呢喃着,"要是能永远停留在这儿就好了。"

"姜小姐,您错了,"祁絮继续用声音行骗,"永远留在这儿的只有您。"

姜栩栩的好梦被惊醒,她骤然回过神,定定地看着祁絮。祁絮神色如常,弯弯眼睛,故意问道："怎么了？"

她紧张地摇头,脚下却踩错一个舞步。

"姜小姐有没有看过夜空？"祁絮却好似找到了与姜栩栩相处的方式,开始与她搭话,"偶尔看一次海岛上的星空也不错,大陆的夜晚几乎看不见星星,只有数不尽的光艇穿梭在城市中。银白的机甲配上冷漠的城市,其实也有一种冷冽的美感。"

她话锋一转，意有所指："但玫瑰、海浪和星空比它们更漂亮不是吗？"

姜栩栩的声音小得几乎听不到，她宛若忘记了枕下的练鹊标本，反驳着："可是练鹊很美丽，这座岛上从来没有过练鹊。"

"作为一座岛屿，它已经很美丽了。"

姜栩栩的声音逐渐大起来："它只是一座岛屿！"

气氛有些焦灼，姜栩栩意识到自己的失态，她心里难过起来，想着祁絮是不是要开始讨厌她了？她不想祁絮讨厌她。

不承想祁絮低下头，俯在她耳边轻声说："您想离开这座岛屿，您渴望去外面，是不是？"

自己都不曾发觉过的心事被蓦然戳破，姜栩栩搭在祁絮肩上的手猛然挣扎着要推开她，祁絮借机向外旋转，神色自若地切换为女步。

她看见姜栩栩的脸色煞白，嘴唇半张，宛若一条即将渴死的鱼；她踩着舞步贴近姜栩栩，眉眼中尽是愉悦。

在《蓝色多瑙河》结束前的最后几秒，海面下突然有东西跃出，那些东西将她们围困在中间。姜栩栩没来得及看清到底是什么，她只听见自己的尖叫声在这个深夜格外刺耳。

祁絮用手指抵住她的嘴："姜小姐，您睁开眼看看。"

姜栩栩睁开眼，她看见很多尾发着微光的游鱼以螺旋状的方式缓缓向天空游去。这些游鱼好像长得一模一样，每一尾都是细细长长的。她悄悄伸出手比了下长短，又颤颤巍巍伸出食指，点在其中一条鱼的鱼尾上。那条鱼被点后，轻飘飘地往下落，姜栩栩慌忙去接，鱼落在掌心，却没带来应有的重量感。

她稀奇地把掌心凑在眼前，才发现所谓的鱼，不过是带灯的

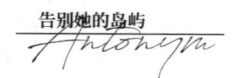

气球而已。

是气球啊,她心里倏然一动,祁絮的话犹在耳侧。

"您去过游乐园吗?有没有人为您送过花、放飞过气球?"

她没有去过游乐园,祁絮却为她打造了一个海上乐园,海上的华尔兹、放飞的游鱼气球,还有宴会上祁絮送她的玫瑰以及深夜里的练鹊——她的心怦怦乱跳,有一种说不清道不明的感觉汇集在心底。她不知道那是什么,只知道自己很想就这样一直留在这里。

所有游鱼都"游"上了天空,那只被戳破的气球被握在姜栩栩手心,她握得很紧,生怕气球碎片从自己手心丢失后,自己的梦也跟着一起丢失了。

这场赔礼太过梦幻,导致姜栩栩上了光艇还置身梦中,她呆呆地站在玻璃前,看着光艇逐渐与游鱼气球平行,心中有个念头愈发强烈——

她想去看外面的世界,如果能和祁絮一起就更好了。

04

【别做笼中鸟,去做一只翱翔的鹰。】

似乎所有的美梦都会在十二点结束。

站在别墅前,看见沉着脸的老管家,姜栩栩如梦初醒,她慌忙向祁絮追问:"明天我们还能见面吗?"

祁絮偏头看着老管家,随后露出略为遗憾的神色:"也许吧。"不等姜栩栩开口挽留,她行了一个屈膝礼告别,"晚安,姜小姐,祝您好梦。"

老管家显然对姜栩栩偷偷溜出去的行为感到不满,客人离开后,他立刻催促着姜栩栩:"小小姐,您该睡了。"

"我想再看一会儿,"姜栩栩突然生出一丝寂寞感,于是她把两只手交握成拳,把那块气球碎片紧紧地握在手心,"一会儿就好了。"

"小小姐,您今日已经任性过一回了。"

老管家的声音平和而不容置疑,与往日没有区别。姜栩栩偏偏从中听出一丝强硬,她为此感到不舒服,却不知应该怎样拒绝这种强硬。她努力维持着自己的仪态,可上楼的脚步带着慌乱,像她此时此刻的心情。

站在最后一级台阶上,她的脚步忽然停下,她不知为何回过头,看见老管家正巧合上怀表。

"咔嗒——"

怀表发出一声微妙而清脆的响声。

姜栩栩冷不防打了个冷战,她的目光不自在地游移,手也无意识地搭在栏杆上。

这一刻,有个疑问被无限放大,横亘在她心口:我在这个岛生活,真的是为了养病吗?

"勇敢一些,我的女孩,"有个声音这么说,"去向他们确认吧。"

她听见自己喊了一声"纪伯",同时,她有那么一瞬的困惑:我真的有勇气开口吗?但下一秒,她问出来了:"我想回姜家老宅。"

老管家没有说话,他无声地拒绝了她。

姜栩栩落荒而逃,逃回自己的房间。

她颓废至极,把头埋进枕头时,手不经意碰到枕边的礼盒。

鬼使神差地,姜栩栩打开了它。

隔着浑厚的玻璃壁，姜栩栩仿若看见自己的一生：一只囿于孤岛的鸟，活在虚拟的天地中。兴许是与它达到了共情，她把这颗水晶球放在贴近自己心口的位置，随后她闭着眼，反复回想起方才星空下，魔术师低声对她说的话——

"别做笼中鸟，去做一只翱翔的鹰。"

房间内安静得可以听见她自己的呼吸声，然而在这呼吸声中，姜栩栩好似听见了另一个心跳。那心跳声很微弱，微弱得似她的臆想。她睁开眼，蓦然发觉水晶球中的练鹊已然展开它的双翅。它拍打着翅膀，在水晶球中不停地盘旋。

姜栩栩下意识松开手，水晶球从床上骨碌骨碌滚下去，朝着门口的方向滚去。她生怕自己的声音吸引来女佣或是管家，因而用双手捂住自己的嘴，试图把尖叫扼杀在掌心。

撞击使水晶球停止滚动，姜栩栩鼓足勇气，赤足走下床，想把它捡起来，装回礼盒中，然后再把礼盒藏在一个她看不到的地方——她还是害怕，甚至因为它会动，她更害怕了一些。

蓦地，那只练鹊从水晶球的裂缝中飞了出来！它轻快地挤过门缝，飞往门外。

顾不上思考它为什么可以穿过门缝，姜栩栩小心翼翼地推开房门，想要追上它。

走廊竟空无一人，练鹊飞过长廊，飞过楼梯，姜栩栩跟着它跑过长廊与楼梯，再前面一些是老管家的房间。

"小小姐今日提起姜家老宅，我想是受了那位魔术师的蛊惑……是的，我知道应该怎么做，我会请她现在离开……"

姜栩栩几乎把自己贴在了门上，她心里还抱有一丝希望，倘若父亲和母亲准许她回去呢？

"这儿为什么有一只鸟？"

女佣困惑的声音打破了别墅的平静。紧接着，老管家拉开房门，他面色沉郁，目光在练鹊与姜栩栩之间来回切换。

"小小姐，您不睡觉，在这儿做什么？"

姜栩栩从未见过他这个神情，她露出惧怯的神色，两只手无助地绞着裙边："我，我……"

"见识过未知的东西，向往外面的心便关不住了。"祁絮的光艇悬浮在海面上，她坐在舱门处，两只脚慢慢地撩拨着海水，"控制会催生出反抗，你瞧——练鹊飞回来了。"

宛如一场即兴表演，祁絮从帽子中取出一个透亮的水晶球抛在半空中，而那只飞翔的鸟忽而收拢翅膀，撞进球体内。球急速下落，祁絮伸出手，稳稳当当地把它接在手心。

站在她左肩的雕鸮睁开一只眼，片刻后它合上眼，好似从未醒过。

姜栩栩也宁愿自己从未醒过，她反锁了房门，抱膝蜷缩在门后。

门外老管家还在劝解她："您的病还没好，不宜离开这儿。如果想念夫人了，我会尽力让您与他们见面。"

尽管此类敷衍的话姜栩栩听过不下百遍，可她还是下意识地问："母亲同意我回家了吗？"

片刻的沉默过后，老管家回复道："她会来这儿见您。"

姜栩栩忽然明白了，她用下巴枕着胳膊，呆呆地看着露台外的天。

海岛的天空静谧又美丽，每颗星看上去都触手可及，只是每

101

当姜栩栩伸出手,想摘下一颗星星时,它们忽然又隔得那样遥远,遥远得像这座岛屿与外面的距离,根本无法触及。

可就在此时,就在此刻,她熟悉的星空中,突然多出颗不一样的星星,那颗星星又大又亮,正以缓慢的速度向姜栩栩逼近。

那是什么?流星吗?被光罩笼盖的天空根本不会有流星。

是光艇,是魔术师!

她猛然站起来,欣悦着奔向露台。

"祁小姐——"

这一瞬,整个岛屿鲜活了起来。

鸣叫的警笛声惊醒别墅的每一个人。管家失去了平静,他奋力地撞着门,企图把门撞开。与此同时,女佣奔跑着前去取钥匙,佣兵们开始攀爬露台,露台下的保安准备好了防坠气垫……

这座海岛上几乎没有留下新科技的半点痕迹,毕竟,笼中鸟无法徒手撬开囚笼。

这一切真是太好了。祁絮在光艇上目睹一切,她愉悦地想,没有人可以留住她。

光艇高出露台一小段距离,祁絮从容不迫,她伸出手,把手心的东西展示给姜栩栩看:"我来把它还给您。"

诚如一个诅咒,从水晶球飞出去的练鹊终究回到了水晶球。

姜栩栩感觉自己也被困在水晶球内,她靠着栏杆,哀求着:"带我走吧。"

"您要和我一起走?"祁絮好似听见了笑话,她俯视着姜栩栩,"姜小姐,我并不能把您带回姜家,我只是一个小小的魔术师。"

姜栩栩仰起头,想看清祁絮的神情,可祁絮上半身隐在舱门的阴影中,她无法感受到祁絮的情绪。

"请您离她远一些!"女佣已经取来钥匙,老管家迅速打开门,朝着露台赶来。

"我不在乎!"姜栩栩感到不安,却将其归咎于无法逃离。

"那好吧。"祁絮语气轻快得像羽毛落下,她俯下身,像逗弄猫一般伸出手,"抓住我。"

这段距离并不足以让两只手相握,眼看老管家就要来到露台,姜栩栩颤颤巍巍地爬上栏杆。她踩在栏杆上摇摇欲坠,即便如此,她还是差一些才能够着祁絮的手。

只差一点点。

姜栩栩咬咬牙,她踮起脚,身体努力往前倾——

"小小姐!"

失重的那一刻,她听见祁絮轻笑一声,随即有只手紧紧握住她的手,轻而易举地把她提上了光艇。

"让您感到害怕是我的不对,"祁絮抓着姜栩栩的手,在姜栩栩耳畔轻轻说,"不和他们告别吗?"

姜栩栩的心跳得厉害。

站在光艇门口,姜栩栩毫不掩饰脸上的雀跃,她看着自己的岛屿,向下挥挥手。

"再见了,我的岛屿。"

05

【笼中鸟之所以是笼中鸟,是因为它没有翱翔的能力。】

尽管姜栩栩跟随祁絮来到了十一区,但祁絮并不是一直在她身边。

她总是在外出,她常常对姜栩栩说某区某家举办了宴会,而她需要去宴会上表演,来获取两人的生活费。

姜栩栩对钱没有概念,她本能地觉得养活自己需要很多钱。因此祁絮每次出门,她都会乖巧地说:"那我等你回来。"

于是在祁絮没有回来的这些日子里,她就趴在窗前,看着各色各样的交通工具在这狭窄的街道中穿行。

祁絮回来时会混在这些交通工具中,等着姜栩栩把她找出来,然后在姜栩栩欣喜的神色中放飞一只气球。姜栩栩则会站起来,探出半个身子,伸手去抓那只气球,气球会温柔地炸开,露出藏在其中的那朵花。

花并不一样,有时候是玫瑰,有时候是向日葵。

这是她们两人的小游戏,姜栩栩玩得乐此不疲。

夜晚的时候,祁絮会带她去看星海,去那座无人游乐园里唤醒摩天轮。每当这个时候,姜栩栩都会觉得,能离开自己的小岛真是太好了。

她终于见识了外面的世界:天是灰蓝的,雨是酸的,花的盛开要等待很久,枯萎却很迅速,最重要的是,祁絮会给她最大的自由。

她从不会拒绝她。

姜栩栩沉醉在这个美梦中,直到某次祁絮外出,有一个抱着枯萎花束的女人敲响了家门。

她不解地打开门,看着那位形如枯槁的女人,头一次感受到不安。

"我的花彻底枯萎了,我要怎样才能挽回它?"女人站在门口,风把她的瘦骨吹出轮廓。

姜栩栩拘谨着，不知该如何回答对方的问题。

"祁小姐有办法的，对吗？"

"花既然枯萎了，那就放弃它吧。"姜栩栩小声回复她，"世上还有很多花。"

女人忽然变得歇斯底里："我不会放开它的，我要永远留住它！它永远是我的！"

姜栩栩想女人话中的那个"它"也许指一个人，她正要再次安慰她，女人却突然冷静下来。她用脸贴着枯萎的花，直勾勾地看着姜栩栩："美丽的东西总是很短暂，要留住它需要趁早，我好像明白了祁小姐的意思。"

她的话阴恻恻的，姜栩栩听出了一身冷汗。

女人离开后，姜栩栩开始变得敏感，变得更需要祁絮陪伴。她开始频繁地做梦，大部分时候，她会梦见那只回到水晶球的练鹊；少数时候，她会梦见祁絮那双像蛇的眼睛，梦见女人阴恻恻地说着那句话。每当这时，她都会被惊醒，醒后冷汗淋漓，却说不出自己究竟梦到了什么。

祁絮对她总是很耐心，会拥抱她，安抚她。就连晚上她从噩梦中惊醒，祁絮都会哼着歌哄她入睡。

祁絮没有表现出任何异样，可姜栩栩却始终惶惶不安，她下意识地把女人和花这件事隐藏起来，不对祁絮开口。

祁絮外出的间隔时间越来越短，短到像故意外出，故意远离姜栩栩。

她用最寻常的语气告诉姜栩栩："不要靠近最里面的房间。"

"那里面有什么？"姜栩栩压下心头的不安，她仰着头，想从祁絮眼中看到些不一样的情绪。

然而她忘了，海域是看不透的，祁絮也是看不透的。

"是我送给您的礼物，但是还没有完工，"祁絮笑着，将一朵玫瑰别在了姜栩栩发髻上，"礼物总要保留一点神秘感，不是吗？"

她站在门口，亲昵地跟姜栩栩告别："我马上会回来，请您务必要听话。"

姜栩栩胡乱点着头，目送祁絮离开家。而后她伸手去摸发髻上那朵玫瑰，她想取下花，手指却被刺了一下。

玫瑰落地。

被刺的指尖产生出灼热感，姜栩栩看见指尖有一点黑色。她好奇地挤压，指尖传来酸麻的疼痛，她松开手，发现那点黑色竟然向外扩散了一圈。

姜栩栩当即煞白了脸，想起了宴会上那场发热。

姜栩栩终于意识到了一些不寻常，比如祁絮为什么会帮助她离开小岛，为什么会一直纵容她。只是她心里还有个声音在为祁絮开脱："去看看那个房间里有什么好了，如果真的是礼物，那就说明我想错了。"

她打开了那扇门——入眼的是无数栩栩如生的动物画像，它们美丽却了无生气。

姜栩栩害怕极了，她忽然不想待在这儿了，她无比想念她的岛屿。

因此她决心离开这个地方，趁着祁絮还没回来。

她找到祁絮的光艇，并试图操作它离开这个家。恐惧令她忘却了，祁絮外出时从来不会把光艇留下来。

在光艇跌跌撞撞离开后,祁絮从藏身的地方走出来。

"笼中鸟之所以是笼中鸟,是因为它没有翱翔的能力。"

她微微垂着眼,看向地上的那朵玫瑰。

06

【现在,姜栩栩永远是最美的了。】

没有笼中鸟可以跨越海洋,它犹如玫瑰,即便坠落,依然美丽。

姜栩栩被海浪冲到了礁石上,祁絮坐在礁石上,她想,现在,姜栩栩永远是最美的了。

她愿意为了这份永远的美丽浪迹一辈子。

End

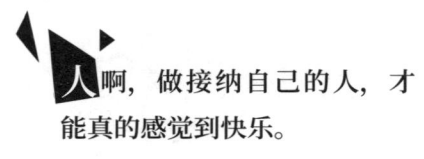

人啊,做接纳自己的人,才能真的感觉到快乐。

FANYICI

迢迢

fanyici

迢迢

文 / 谢十三

写手谢十三，人狠话不多。

01

十二月末，以岭雪场。

这片山岭很深且陡峭，但雪道和雪的质量都非常好，特别是迎着冬日夕阳下来的那一小段路，危险又梦幻，是诸多网红和年轻人的打卡点。

前年年末因为客流量大，当地政府拨款建造了单程二十八分钟的景观缆车，从半山腰一直运行到山顶，连接两条黑道、一条蓝道。

下午两点多，临近雪场关闭时间，半山腰的三级封闭缆车站台上的人已经不是很多。一对没有带雪具的母女正坐在长椅上小声说着话，小女孩穿着粉红色的羽绒服，带着个同样是粉色的绒线帽，非常可爱。

控制台旁站着两个全副武装的年轻男人，都是双板，正企图和站台角落里的一个女人搭话。女人个子很高，身材纤细，眉眼精致，神情却非常冷淡，她随意地将长发在脑后扎了个马尾，单手抱着头盔，正在看外面的雪景，雪板就靠在旁边的墙上。

一个年轻男人殷勤地笑着说："美女，单板不太好滑哦，第一次来吗？"

女人回头看了两人一眼，没说话，掉头又去看远处——白茫茫的一片，雪好像比下午又下得大了些。其实他们早上进山的时候并没有下雪，天气预报也只是说中午可能有小雪，但从早上五六点到现在，这场雪已经下了整整八个小时。

两个年轻男人见美女不买账，也不勉强，自顾自地走到旁边聊起天来。讲了一会儿，其中一个望着外面，颇有些担心地说："雪线过树影，今天应该滑不了了，一会儿到了上面，我们直接坐缆车下去吧。"

同伴没有意见。

站台里安静了下来，小女孩本来依偎在妈妈怀里，这时候忽然声音清脆地叫："马里奥！"

所有人的注意力都被她吸引了，顺着她的目光，大家很快看到缆车下面已经被雪盖住的山道上，居然爬上来个人。来人穿着厚实的雪靴和蓝色的工装连体雪裤，头上戴了顶大红色的、盖住耳朵的大雪帽，脸藏在口罩后面。

这经典的红蓝配色，还真像街机游戏里的角色水管工马里奥。

几人看着"马里奥"背着个巨大的背包，一只手借助雪铲，从下方十几米的地方动作迅疾地爬了上来，不过几分钟已经抵达站台，推门进来的时候，还带入了外面零下十几度的寒风。

单板女人因此回头朝这边看了一眼。

"马里奥"是个小个子，一进门先脱了防风口罩和帽子，甩开一头栗色的短卷发，居然是个大眼睛、圆脸蛋的年轻女孩。她的脸颊被冻得通红，把背上的袋子往地上一按——上头写着以岭雪场——应该是这里的工作人员。

小女孩好奇地望着她和她手里的雪叉。

两个年轻男人显然是认识她的，挺热络地打招呼："小覃，这么大雪，还搞维护啊？"

"雪大才要谨慎啊，而且我不上来，你们怎么上缆车？"被叫作小覃的姑娘笑眯眯地说，"趁天还没黑上去看一趟，正好坐最后一班下来。你们一会儿别滑下去了，不太安全。"

两个年轻男人嘻嘻哈哈地应了。

小覃蹲下来，打开包检查装备，她那个包里有许多奇奇怪怪的工具，其中有个长长的金属棍子，一头是梭形，但头部是钝的，另一头有个手柄。她用手探了下中间，那棍子还"唰"地弹出来一小截。

躲在妈妈怀里的小女孩"哇"了一声。

"这个叫探针。"小覃检查完毕，将棍子又塞回去，对小女孩解释，"如果有人被埋在雪里，埋得很深，可以先用信号器定位，然后把这个探针插进雪里，就能比较容易找到人。"

小女孩听了眼睛亮晶晶的。

小覃把装备包的拉链拉起来，锁上安全扣，一抬头却愣住了。

刚刚一直背对着她的、角落里的那个高个子女人转过身来，正非常平静地看着她。女人生了一对凤眼，眼梢向上微微挑起，所以无论做什么表情，都是很不近人情的一种姿态。

小覃的眼睛瞪得更大了，半晌才反应过来，手里握着的雪铲都掉了。

"江晓淳？"她惊叫起来，"你怎么会在这里？"

02

大冬天碰见个认识的人，本来好像应该是挺让人高兴的一件事，但小覃吼完那一嗓子后，忽然就变得沉默且尴尬。而那个叫江晓淳的大美女不冷不热地回答了一句"来滑雪"之后，也转过头去不说话了。

两个双板青年是这里的常客，他们是搞互联网的，都挺能赚钱，每年都有闲钱来滑雪，和小覃认识也有两三年了。其中高壮一点的那个好奇地凑过去，低声问小覃："认识啊？怎么不多聊几句呢？"

"没啥，我以前校友，其实不太熟。"小覃也小声地说，"从小就是精英，才三十几岁听说都评上教授了，你瞅我在穷乡僻壤干这行业，我俩有什么好聊的，我往人家面前凑干吗呀？"

矮个子那个好奇："三十几岁的教授，你母校是……"

小覃说："X大。"

矮个子吃了一惊，这可是国内金字塔尖的大学了。

小覃顿了顿，又很诚恳地接了一句："不过我是特长生，后来肄业了，没有毕业证的。"

矮个子脸一红："啊，不好意思。"

小覃摆摆手，示意没关系。

她瞟了眼角落里的江教授，心说：许久不见，天鹅羽翼更丰，愈发优雅高傲,是更加难以接近了。

她盯着人家背影发愣的时候,没注意人家也侧着身不着痕迹地打量着她——正在这时,缆车终于来了。

小覃回过神,将通往外部站台的玻璃门打开,示意大家可以过来准备排队。

市政府投资的这趟封闭缆车是双吊臂设计,座位宽敞,两个人面对面坐,中间还可以抽出来个小挡板,用以放置水杯或者饮料。这对于行程超过二十分钟的缆车来说,是个非常人性化的设计,颇得游客好评。

小姑娘的妈妈牵着她的手,先上了其中一辆缆车,两个青年随即上了下一辆。江晓淳——那个高个子美女教授排在第五个,小覃跟在后面,帮她抬了下那个挺沉重的单板。江晓淳没低头,也没看她,一如既往矜持又冷漠地说了句谢谢。

小覃替她把缆车门关上了。

站台上一下子变得空荡荡的,她在原地愣了十几秒,拎起工具包与雪铲,迅速地跳上了下一辆缆车。

此刻是下午两点三十八分,天色开始变得阴沉。小覃跳上缆车的那一瞬,上方的积雪层簌簌地响起来,好似正在发出沉重的叹息。

缆车又往上走了大约七八分钟,离雪面越来越远。两个滑雪客坐着聊天,小女孩趴在座位上兴奋地东看西看,江晓淳向后靠在座椅上,正在闭目养神。

小覃在发呆,这一路的景色她已经看过太多遍,实在没有心思再看。

一切也正是这个时候开始的——

他们头顶巨大的雪口猛然张开，银白色的冰雪瞬间倾泻而下。

03

下午三点零七分。

小罩从一阵剧烈的头痛中醒来。她戴的不是雪盔，而是柔软厚实的防风帽。雪崩发生的时候她的后脑勺狠狠地撞到了一侧的缆车壁，虽然有帽子的缓冲保护，但也瞬间晕了过去。

她先转动了一下脖子，朝外面望去，雪还在下，玻璃上已经积了一层薄雪，看不清外面，但很明显能感觉到缆车已经完全停下。她的后脑勺应该是肿了，没有出血，只是痛。她坐直身体，过了几十秒缓过来了一些，伸手很轻地敲了敲窗。

积雪簌簌下落，她很快就看到了外面的情景。

四周仍旧是白茫茫的一片，孤零零的缆绳延伸到上方，模模糊糊能看到远处有几辆缆车已经是完全被埋在雪里的状态，所幸她下方三辆有人的缆车还是完好的——只不过包括她自己所在的这辆，还有上面的七八辆，全都悬空吊着，距离下方的雪面至少还有四十米。

想必因为坍塌的关系，她所在的这辆，现在反而处于最高点了，可见当时的撞击有多么猛烈。

她从工作服口袋里摸出手机，屏幕摔碎了，没有信号，可能基站已经受到影响。她又从背包里拿出无线电，试图联系雪场，还是没有人应答。

情况不容乐观，上下方站台已经完全被雪掩盖，前方缆车上还有普通游客，必须……必须先确认所有人的状况。

缆车门是电动的，在运行过程中会自动锁死，她背上工具袋，扣上几条装备带，确保背包不会掉落，然后扳动座位底下隐蔽处的保险栓，将拉窗一推到底。

寒风呼啸而入，小覃深吸一口气，上半身已经探了出去。少了玻璃的阻隔，视线骤然清晰起来，前面的几辆缆车门窗紧闭，因为相距大约有十米，仍旧看不清缆车里的具体情况。

她咬了咬牙，一挺身脚蹬上了窗口，借了个力，将手里套索一端的铁钩往上抛，穿过上方的铁索，然后把两头固定在了衣服两侧的环扣上，试着拉了一拉。

这是个简易的滑索，很像秋千，但只有在目的地地势较低的时候才能派上用场。

她的体重很轻，但铁索本身就在摇晃。风雪仍旧在肆虐，小姑娘虽然背着个沉重的工具包，但本身体重轻，手臂力道也不小，抓着绳子几脚踩在外壁上，已经从缆车里爬了出去。

铁索摇晃得更加厉害，小覃腰部发力，穿着厚重靴子的双脚垂直放松，整个人一点一点地开始往下滑。

大约五六分钟后，她终于接近了第一辆缆车，在停下来喘了一会儿后，她用手套抹掉玻璃上的积雪，很快透过窗户看见了江教授。令人意外的是，天之骄女已经清醒，她一边膝盖着地跪在地上，一边把手探到移动门下面的铰链处，不知道在摸什么东西。因为外面发出的响动，她抬起头来，就用这个别扭的姿势隔着一层钢化玻璃和外面的小覃近距离来了个面面相觑。

江教授的瞳仁颜色相对较浅，加上其优越的五官、冷冰冰的表情，天生就有一种压迫感。小覃从前上学的时候就有点怕她，

隔了好多年在这种情况下遇见，被她隔着玻璃这么一审视，脑子嗡的一声，居然愣了好几秒。

江教授皱了皱眉头，说了几句话。

玻璃很厚，风声也太大，加上小覃有点紧张，就这么看她口型，居然看不明白她在说什么。她也有点急，拼命指着座位底下那个保险栓，大声说："那个东西，朝上扳一下，门就能开。"

江教授的脸色很不好看，隔了一会儿，她从口袋里拿出手机打了几行字，将手机屏贴在玻璃上。

小覃费劲地凑近了，看到她写的是：应急门卡住了，外面环扣应该变形了，能帮我砸开吗？

措辞相当有礼貌。

小覃回过神来：江教授带的专业课包括结构力学和机械工程，她既然已经醒了在查看，能没发现座位底下有个保险栓？

她定了定神，去看外部的安全门，发现靠近中间部位的一个环扣果然变形了，显然是最初那次撞击造成的。她伸手试图去扳动那个环扣，发现以她现在这个蛤蟆似的扒住车厢的姿势，手是完全使不上力的。

她想了想，确认了一下头顶悬住自己的套索，咬了咬牙把两只手都放开，整个人顿时往下坠了半米。

江教授显然被她这种大胆的举动吓了一跳，整个人猛然站了起来，眼睛错也不错地看着她。小覃也没敢抬头去看她，双脚抵住门，两只手紧紧抓住那个已经弯曲了的环扣，用尽力气朝外一扳。

门被她这股劲道一带，毫无预兆地往外砸开，她自己也没估摸好这个力道，胳膊猝不及防被狠狠一撞，痛得浑身一个激灵。

一只手适时从上方探下来抓住她的腰，非常用力地把她往上提,这股力道太大,导致她整个人几乎是扑进车厢里的,确切来说,是扑到了一个人身上。

对方温热的鼻息就喷在她的耳旁,一只手紧紧箍着她的腰。

"覃茵茵。"她头顶上传来江教授略微有些咬牙切齿的声音,"你做事前能稍微给点提示吗?这又不是登山索,你掉下去怎么办?"

小覃被她圈在怀里抱着,人还是蒙的,结结巴巴地说:"你……你你你……"

江教授等了半天,只听她非但不感到羞愧,反而既高兴又自然地接了下半句:"你怎么还能记得我名字啊!"

江教授:……

04

江晓淳当然没忘记覃茵茵。

X大,高才生的集合地,偶尔有几个特长生就显得格外扎眼。覃茵茵是凭体操特长进来的,家境也极其优渥,读书的时候就豪车出入,一身穿戴价值不菲,也没少被人背地里叫"暴发户"。

当时两人一个班,江晓淳是班长。

凭良心讲,覃茵茵这人性格不赖,一般富二代的大毛病也没有,就是性格懒散,加上有点直愣,脑子和这帮天才比也的确有点跟不上。她也住宿舍,不过和同学们交往不深——深也深不起来。她这班同学,要么眼高于顶、恃才傲物,要么餐风饮露、不食人间烟火,偶尔一两个正常人都是天选读书人,除了学习对别的什么都没兴趣。

覃茵茵在学校没交到什么朋友,有些闷闷不乐。她搞煤矿的老爸一看,不高兴了,非要给学校捐助一个什么附加奖学金,这么一搞,也因此闹出了点不大不小的事来。

校方倒是接受了捐助,但果断拒绝了老覃干涉选择学生的要求,不过学院里因为这件事出了一个调查贫困学生家庭情况的单子,被一个好事的学生会成员看到了,当八卦一样讲了出去。

单子上最叫人意外的学生,就是江晓淳。

江晓淳在学校是彻头彻尾的"高岭之花",人聪明,长得好看,性格冷淡但靠谱,为人认真负责,很得人喜欢。谁都没想到这么个气质出众、穿戴得体的小姑娘,居然身世坎坷。她出生在农村,几个月大的时候被生父遗弃,又被姑姑捡回家,七八岁的时候姑姑去世,家里人都不肯养,又把她送到了镇里的孤儿院。高中毕业前有善心人士的捐助和学校补助,十八岁后靠奖学金和勤工俭学,居然维持了所有的体面,没有向任何人提起过自己的"遭遇"。

事情一传出来,不仅在校园里被广泛讨论,还引来了几个记者——大约是要以寒门贵子励志逆袭为卖点,搞一个什么专题采访,弄得很不擅长应付这种事情的江晓淳只能狼狈地请长假躲避。

覃茵茵一直觉得这事儿自己和自家老爹要负主要责任,等江晓淳请假回来后,她十分忐忑又诚恳地跑去道歉,结果毫不意外地直接被江晓淳拒之门外。

再后面一直到她肄业离开学校,除了学校相关事务,江晓淳都没再和她说过什么话,也没再给过她什么好脸色。两个人之间连个手机号码和微信都没有,之前覃茵茵说的那句"不熟"是一句大实话。

就这么俩八竿子打不到一块儿、还有些说不清的龃龉的老同学，偏偏这会儿一起挤在个几平方米的小空间里，上不着天、下不着地，只能大眼瞪小眼。

江教授在地上撑了一把，调整了下两个人的姿势，问："手机现在已经完全没有信号了，外面情况怎么样？你是工作人员，有别的通信装备吗？"

"有个对讲机，这会儿没有应答了。"小覃低声说，"下面几个基站应该受到的影响也不小，估计救援不会这么快到。那什么……你没有受伤吧？"

江教授抬起头，看着她这个总是缺了一根筋的老同学，以及她目中真诚的、毫不作伪的担忧，隔了一小会儿，低声说："没。"

小覃听到她的话，长长地舒出一口气，从口袋里摸出个什么东西塞到江教授手里，小声说："你先放着，要是觉得冷了，就吃一小口。"

江教授低头一看，手里是一块带着体温的巧克力棒，她下意识地握住了，低声说了句谢谢。

女神道谢，小覃的注意力却放在别的事情上，完全没留意，她仔细检查了自己身上的套索，将绳结重新解开又缠上，眼睛紧紧地盯着外面。

江教授警觉地抓住了她的手腕，问："你想做什么？"

"下面两辆缆车里还有人，我得过去看一眼。"小覃从口袋里拿出对讲机放在地上，"这个留给你，频道号是6116，能隔几分钟帮我试个信号吗？如果救援人员能进来，肯定会第一时间抢修信号站，恢复通信。"

江晓淳弄清楚了她的意图，一把抓住她的手："你还要爬出去？你有什么保护措施？不要命了吗？"

小覃"啊"了一声,回头看着她,过了一会儿,小声说:"可是,我在这儿工作。"

江晓淳说:"你是做维修的,不是专业救援队,摔下去了算谁的责任,你想过没有?"

江教授很冷静,抓住她的手也非常有力,从覃茵茵第一次对这个人有印象开始,她就镇定、从容,并时刻保有百分之百的理智。

"如果这里有救援人员,我一定服从救援人员的安排。"小覃想了想,低声说,"但现在这里只有我是雪场的工作人员,你们都是游客。确认游客的情况,在救援人员赶来前尽可能掌握更多的信息,争取时间,是我现在唯一能够做的。"

她想了想,又说:"可能我留给你的印象不是很靠谱,但我真的很爱这份工作,也很想承担我自己的责任,希望你能够理解。即使你不能理解,也没有关系。"

江教授审视着面前的人,缓缓放开了手。

她们已经有六七年没见了,印象里那个头脑略有些简单、与周围人格格不入的富家女,面容丝毫没有改变,但又很明显不再是当初那个莽撞而懵懂的小女孩了。

05

江教授让了步,小覃不再多话,将套索拆下来,装到向下的另一端,准备往外蹬,此刻缆车吊顶铁索倾斜了大约三十度,不算很陡。

出去前,江教授忽然说:"等一下。"

小覃回过头来看她。

江教授又说:"手机拿着,在五米左右的距离尝试连蓝牙。如果前面那两名男性的身体状况还可以,并且手机还可以用,应该能联系上,教他们去找安全栓,让他们先从内部帮你把门打开。"

小覃的眼睛唰的一下亮了。

江教授继续交代:"把手机给我一下。"

小覃乖乖地交出自己的手机。

江教授让她解了锁,调出记事本,打了几行字转成图片,然后把自己手机上的挂链拆下来装到小覃的手机上,最后把那个挂链挂到小覃的脖子上。

小覃很配合地等她做完这一切,忍不住说:"你想得真周到。"

江教授还想说什么,忍住了。

小覃重新跨出了缆车,等她略微往下滑接近了下一辆缆车后,便单手吊在套索上,另一只手尝试打开手机……真的搜索到了附近一个叫作"夺命登山客"的蓝牙账号。

她将江教授准备好的图片发过去,大概十几秒之后,前方的缆车里果然有了动静。安全门被打开了,两个青年中个子比较矮的那一个探出头来,看到挂在半空中的小覃,嘴巴张成了一个鸡蛋。

小覃大声喊:"你们——没事吧——"

矮个子青年哭丧着脸,也喊:"我没啥事儿,我朋友的脚撞到雪板上,好像骨折了,这会儿动不了。"

这可不太妙。

紧接着,矮个子的那个又喊:"小覃,你能去看看前面那辆缆车吗?我之前好像听到小朋友在哭。"

小覃心里一凉。从雪崩开始,她最担心的就是那对母女。因为孩子太小,而且她们的缆车当时在最上方,受到的冲击应该也

最大。

　　她继续往下滑，经过那两个青年的缆车时往里面看了一眼，果然看到高个子的那个正躺在座位上，人是醒着的，但脸色惨白。她不懂急救，只能留下巧克力，嘱咐两个人关好门，保持缆车内温度。

　　矮个子小声问："能联系上景区和雪场吗，会有人来救我们吗？"

　　小覃："正在联系，雪场都有备用方案，你们不要紧张，会有人来的。"

　　矮个子朝上头看了一眼，又朝下头看了一眼，叹了口气，说："这玩意儿不会掉下去吧……"

　　高个子已经痛得快昏过去了，听他说这话，也顾不上痛，用没事的那条腿踢了他一下："你能别乌鸦嘴了吗，楼天明？"

　　小覃连忙说："别往坏处想！你们俩编辑个信息通过蓝牙发给我，姓名、年龄、现在的状况，一会儿联系上雪场了，我汇总发给搜救队。"

　　两个青年不吵了，矮个子楼天明老老实实拿出手机开始编辑消息。

　　小覃深吸了一口气，用手拉动套索，继续往下滑。这次她动作快了很多，一样在快接近的时候尝试搜索蓝牙信号，并顺利搜到一个蓝牙账号，但她发过去图片后，对方毫无动静。她在原地又等了大概一分钟，开始继续往下滑，一直到接近那辆最下面的缆车，然后伸手拂去上面的部分积雪。

　　里面的情形并不太好。

　　小女孩被妈妈抱在怀里，两个人蜷缩在一边的座椅上，那个年轻母亲头部有明显的血迹，眼睛紧紧地闭着，没有动静。小女孩虽然醒着，但双眼通红，显然已经哭累了，抬头看到窗户外面的小覃，眼神很迷惘。

小覃敲了敲玻璃，指了指座位下面，想让女孩去扳保险栓。

小女孩仍旧很茫然地回望。

她太小了，就算能明白指令的意思，以她的力气，也不可能扳动那个保险栓。

小覃想了想，把套索的中间段在门上缠绕了几圈，取出挂在腰间的锥子，开始砸那个安全门。砸了不一会儿，她好像听到前面江教授的声音，但离得太远，耳旁都是呼呼的风声——听不清。

中间缆车上那个矮个子青年楼天明忽然探出头来，大声喊："教授问，是——不——是门——砸不开——"

小覃闻言，伸手摇晃了一下安全门，发现纹丝不动，只得朝那边喊："有办法吗——"

矮个子青年朝另一边将她的话喊回去，隔了一会儿，又说："教授说，门右侧，玻璃窗下大概一米处，是内部固定栓，你先——"说到这里，他大喘了一口气，"先砸那里，然后门——就——比较好砸开！"

这绝对不是江教授的语言习惯，多半是这个小青年自己添油加醋了，但信息还是很有用的。小覃集中精力，开始砸那个玻璃窗下面，没过多久，里面有什么东西发出"咔嗒"的声音。她再去砸门，明显松动了很多，大约经过十几下敲击之后，门终于被砸开了。她动了动僵硬的手指，顺着绳子滑了进去。

小女孩好像这才看清她，愣愣地说："马里奥？"

小覃也愣了愣，随即明白了，将她从妈妈怀里抱起来，很快

地检查了一下。女孩一直被妈妈抱着，除了眼睛很红之外，没有看到任何明显外伤。

小覃又确认了一次，问："有没有哪里痛，哪里不舒服？"

小女孩摇了摇头，然后奶声奶气地抱怨："妈妈睡着了。"

小覃将小女孩在对面的座位上放下，俯身去检查母亲的状况，发现她的后脑勺的确有血迹，裸露在外的手背有明显擦伤，其他地方因为穿着厚实的冬服无法判断是否受伤，但明显已经处于失温状态。她只犹豫了一下，就把自己身上最外面的雪服脱下来，包住年轻母亲的头部与肩膀，然后将小女孩抱了起来。

小女孩很乖，显然还没到能够意识到发生了什么的年纪，在她怀里窝了一会儿，有点昏昏欲睡。

小覃拿出手机，看到有人用蓝牙给她发来一张图片，打开一看，上面写着：楼天明，二十六岁，无外伤（没吃午饭肚子饿）；周选，二十七岁，疑似右小腿骨折（吃了午饭了但是觉得有点冷）。

小覃：……

她编辑了一下内容，在后面加上：

江晓淳，三十一岁，无外伤；

覃茵茵，三十岁，头部受到轻微撞击，无其他外伤；

二十五岁左右女性，头部受到撞击，目前失温、昏迷；

三岁左右幼儿，无外伤。

目前位置为 A17 至 A26 缆车道中央，请求救援。

将这条消息打完，即使缆车门已经关上，她自己也觉得寒风刺骨，趴在她肩膀上的小女孩大概是之前哭累了，一直很安静，这时候忽然叫："阿姨。"

小覃下意识地回头去看，倒抽了一口冷气。

一个人身上绑着简易的套索，吊在不远处的空中，正姿势很专业地往这里滑，她背上背着一个巨大的黑色工具包，一只脚上还套着滑雪单板。

小覃：……

刚才是谁说专业的事要交给救援队的啊！

06

在覃茵茵迷惑不解、楼天明目瞪口呆的神情里，江教授拉动着套索，迅速接近了最下面的这辆缆车。

小覃赶紧将门打开，江晓淳一落地，小覃才发现她的套索和自己的单层套索不太一样。除了固定自身的秋千结构，还有一条绳子被带了过来，是从楼天明他们那辆缆车顶部的一个环扣里穿过，现在两个绳头都固定在江教授拉过来的这个套索锁扣上。简单来说，就是她滑下来的时候，用一个套索钩住了楼天明的那辆缆车。

覃茵茵还没有开口，江教授低声说："和你说个情况，你先保持镇定，别慌。"

覃茵茵："你说。"

"在你刚才下来的那几分钟里，缆绳角度又倾斜了大约五度，所以我滑下来的速度也比你快了不少。"江教授看了眼上方，很快地说道，"我判断虽然整个主体部分坍塌已经结束，但上方雪层的结构还在发生细微变化。"

覃茵茵想起刚才矮个子楼天明说的话，心里咯噔了一下："你是说……"

江教授点了点头:"这几辆缆车目前的这个平衡情况坚持不了多久,现在我们离地三十米左右,这个高度如果再撞击一次,所有人存活的可能性都很小。"

她说完,很冷静地望着覃茵茵:"我们要自救。"

她的语气很笃定,覃茵茵被她的坚定带动,不由自主地问:"怎么自救?"

江教授低声说:"我下去。"

覃茵茵跳起来:"不行!"

三十米左右相当于七八层楼的高度,即使下面是雪坡,但这种陡坡、坡的角度、坡上的雪质均不明,从这个高度跳下去,约等于自己作死。

"我不是就这么跳下去。"江教授耐心地解释,"绳子可以下放十八米左右,剩下的十二米可以用我的单板缓冲。我们在上面没有着力点,但我跳下去之后可以拉动绳索尽量往下走,这个力道应该可以拉动上面的那辆缆车,继而带动下面的这辆,使之一起降低高度。只要降低到一定程度,我们就可以离开缆车,找一个相对安全的地方,等待救援。"

覃茵茵微微思索了一下,咬了咬牙:"你在上面帮我放绳子,我下去。"

江教授没有同她争辩,只是很平静地反问:"你的单板水平怎么样?滑过技术道和障碍道吗?有多少把握能够安全着陆?"

覃茵茵不说话了。

江教授很轻地笑了一下,她不经常笑,所以显得很不容易接近,即使是笑起来,也总有一种不那么真实的感觉。

"我刚才叫你不要冒险的时候,估计你就在心里骂我。"她低声说,"社会精英、明哲保身、没有人情味……你的想法很对,不到威胁自己安全的时候,我不会轻易行动,因为那很不划算。不过我这样的人有一个好处,目标和你一致的时候,至少会是值得信赖的伙伴,所以你完全没必要用那种充满怀疑的目光看着我。"

她的话里全是刺,覃茵茵回想自己刚才说过的所有话,愣是没想明白到底是哪句刺到了这位荆棘女神,在那里结结巴巴地接:"你……你怎么不讲道理呢,我什么时候不信任你了?"

江教授话锋一转,又笑了笑:"既然你没有,那我来告诉你一下等会儿在上面需要配合的要点,我们最多只有十分钟,而且,当着孩子的面起争执,的确也不太合适。"

覃茵茵:……

总觉得自己正在落入一种很新的话术圈套。

覃茵茵手里还抱着个小女孩,江教授把门关紧,脱掉外套,把里面夹层的一件保暖背心拿出来,裹在她和小女孩身上,然后又把外套穿回去。

覃茵茵想拒绝,江教授说:"做缓冲动作的时候,我需要减轻一点分量。"

覃茵茵想了想,也去脱自己的保暖背心:"那你穿我这件,很轻的。"

江教授挑起一边眉头。

覃茵茵赶紧解释:"我这个……它里面有搜救芯片的,就是没电池那种,以防万一。"

这高科技江教授也听过,雪崩搜救定位器,能在搜救时自动反射发送信号,因为价格太高没少被人诟病。但这种情况下,没

必要纠结这种细节,她不再推拒,把小薄背心穿在自己的外套里面,将两只脚套入雪板,跟覃茵茵交代了细节。

两个人合力将绳索从窗户一侧穿入固定好,另一头绑在江教授的腰上,开始缓缓往下放。

覃茵茵忽然说:"对不起。"

江教授一只脚已经快跨了出去,堪堪停住,回头问:"什么对不起?"

"当年的事。"覃茵茵嗫嚅道,"我很……抱歉。我一直想当面和你说这句话。"

江教授顿了一会儿,道:"我们没必要现在说这个,如果非要说的话,我也需要对你说抱歉。"她说着戴上雪盔,抓住绳子,很干脆地往下溜。

覃茵茵也知道现在不是纠结这种往事的时候,她专心起来,调节着绳索的角度,等双层绳索都绷直之后,江教授差不多悬空在离下方十多米处。

第二辆缆车上的楼天明探出头来看了一眼,大受震撼,声嘶力竭地喊:"两位女士——你们这是在干——什么——"

覃茵茵赶紧喊:"坐回去!门关好别乱动——"

她语气严厉,楼天明缩了缩脑袋,躲回去了。

江教授观察了一下下方的情况,抬头看了一眼。明明她戴着雪盔看不见五官,但覃茵茵从上面这样看下去,不知道是不是被她这种任何时候都游刃有余的态度震到了,竟然觉得心漏跳了一拍。而接下去,江教授一连串的危险动作,真正让她有了一种心脏单独坐过山车的感觉。

她放开一边的锁扣,因为重心改变,身体很快横过来。她小心观察着下面的雪层，转到一个角度的时候，猛然把另一边锁扣也打开，随即整个人拉着单层的绳索，笔直向下坠去！

覃茵茵心头狂跳，眼看着她的雪板重重砸到了雪坡上，激起一地的白雾，然后绳索上出现了向下的拉力。

江教授的雪板很快又出现在了下方几十米陡峭的雪坡上，她还没失去平衡，正在试图控制方向，绳索被她拉住，正飞快地被向下扯。

这其实是很简单的杠杆原理。本来按照一个人的速度与下坠力，不可能带动上百公斤的缆车，但因为铁索倾斜的角度已经很大，所以只需要一个向下的初始拉力就好。上方的缆车果然开始缓缓向下滑动，人力有限，也使得缆车下滑的速度并不至于太快。

几分钟后，上方楼天明的缆车与覃茵茵他们所在的缆车轻轻相碰。在一阵令人齿冷的吱嘎声中，两个沉重的车厢开始缓慢地一起向下方移动。

江教授的身影已经完全看不见了，但向下的力道还在继续，覃茵茵感觉到自己所在的这辆缆车正被拉动着，开始缓慢下滑。

她怀里的小女孩高兴地叫道："车车动啦。"

大约七八分钟后，他们所在的缆车已经处于较低的位置，离地只有两三米。覃茵茵当机立断，将工具包先扔了下去，然后抱着小女孩往下跳，在雪地上滚了一下，卸去力道。上头两个青年再迟钝，这时候也明白过来了，两个人帮着把昏迷的年轻母亲搬下来，放到松软的雪地上。

绳索就在这时突然绷直。几乎是同时，上方又发出一声轰鸣，原本卡住缆车的那一小段雪丘再次崩塌，连带着他们上方空着的那七八辆缆车也一起重重砸到了雪地上，激起一地雪尘。如果他

们再晚几分钟落地……后果简直不敢想象。

楼天明和疑似骨折的周选吓得愣住了，覃茵茵扑过去将绳索从缆车上解下来，缠在自己腰间，然后一把抓住了身旁的楼天明。

她从缆车上下来了才看清，刚才江教授向下滑的地方根本不是什么斜坡，七十度的大角度接近直角坡，怪不得拉力能这么大。

明哲保身个头啊。

她眼睛有些发红，一言不发、拼命地开始拉绳子，楼天明和周选回过神来，也过来帮她一起拉。当江教授那大红色的单板出现在视线里的时候，几个人都松了口气。

覃茵茵整个人向前倾，伸手去拉她，江教授握住了她一只手，借着拉力两个人一起滚到相对平坦的雪坡上。江教授第一时间将头盔甩掉，头盔裂了，秀美挺直的鼻子上有一道擦伤，因为刚经过剧烈而刺激的运动，喘息没有平复，但神情还算比较平静。

覃茵茵一言不发，扑过去抱住了她。

"成……成功了。"她颤抖着说，"班长，你怎么还是这么一如既往地……靠谱啊！"

江教授已经许久没有听到过这个称呼。她愣了愣，过了会儿，抬起手轻轻拍了拍对方的肩膀，以示安慰。

07

下午三点十六分，信号还是没有恢复。

三个还能行动的成人通力合作，把伤员一起挪到了其中一个摔得有点惨但总算是安稳落地的缆车上，勉强挡住了外部的强风。

覃茵茵安置好伤员从缆车里出来，看到江教授正坐在缆车背风的一侧，很小口地吃她之前给的巧克力棒。她吃东西慢条斯理、优雅得体，非常具有观赏性，覃茵茵在旁边看了一会儿，终于还是没忍住，小声说："你刚才下去前说，要给我道歉，我有点不太明白，你为什么要向我道歉？"

江教授抬眼看了她一眼："我随口说的。"

"你逗小孩子呢？"覃茵茵也有点郁闷，"你肯定不是随口说说的，你就不是这种人。"

江教授用那双瞳色很浅的漂亮眼睛盯着她看了一会儿，拍了拍身边的雪地。覃茵茵有点茫然地坐下来。

面前是白茫茫的一片雪，江教授把自己的滑雪眼镜架到覃茵茵鼻子上，那个对讲机被放在她们面前的雪地上，每隔十几秒，江教授就会按一下上面黄色的"connect"键，对讲机就会发出"沙沙"的连接音。

覃茵茵一边听着这催眠音，一边企图思考江教授今天的所作所为，百思不得其解。她对江教授其实一直怀着一种特别奇怪的情绪，是非常愧疚的。通常来说，愧疚大多是强者对于弱者的，多少带着些怜悯色彩。但江教授却永远是处于强势地位的那一个，所以她对着江教授，总是愧疚中夹杂着自卑，如果深究起来，大概还是自卑要更多一些。因此时常有一种只要往她面前一站，就油然而生一种"我不配和她站在一起"的感觉。

现在，她们在这里相遇，遭遇了大部分人一辈子不会遭遇的事情，并且还并肩坐在一起，这种感觉有点微妙。

她想了想，决定还是由自己先开口。

"你可能不太在意这个，不过我还是挺想说出来的，当时那个事情，的确一大部分都是我的问题。对了，你可能不知道，我

那时候很崇拜你，特别崇拜你。"她努力让自己的语气听上去比较轻松、自然，"你也知道，我是个特长生，智商方面比不上你们，加上我爸妈有钱，别人看我多少带点有色眼镜，我是真羡慕靠自身硬件条件就能闪闪发光的人，譬如你。

"我那时候蠢啊，也没好意思和别人讲，就和我爸妈讲，讲你怎么漂亮、怎么聪明、怎么厉害。我爸这人，思路很简单的，觉得我可能想和你交朋友，就想想个办法给你塞钱。他原来只是打算给你塞钱，但跟学校了解了你的情况后，其实也是真的想资助你。他做了一辈子生意，逻辑都在钱上，觉得对人好就是要花钱，欣赏一个人也要给她花钱。这无可厚非，但真的不适用于所有人。"

她说到这里顿了顿，小声说："但他是个好人来着。"

江教授静静地听着，"嗯"了一声。

覃茵茵接着说："后来那事情发生后，我都不敢想象你当时会有多烦。你那会儿不想理我，我也能理解。这句当面的对不起，我想我一定还是要和你说的。"

江教授瞧了她很久，忽然说："谁跟你说我是为了这事请长假的？"

覃茵茵没反应过来："啊？大家都这么说……"

"那年三月到八月，我胆囊炎发作，做了个手术。"江教授平静地道，"那几个月是请的长病假。"

覃茵茵：……

她顶着副滑雪镜，成功地不通过眼神就表演出了什么叫作"十分迷惘"。江教授没忍住，揉了一把她毛茸茸乱糟糟的头发，接着说："毕业后过了几年有人告诉我，我不在的那几个月，学校到处有人传是你仗势欺人，很多人都刻意疏远你，以至于后来那几年,你在学校过得也很不顺心,最后还肄业了,是不是?你看,我也得和你说声对不起,这种事情,如果当时我多留意一些,多解释两句,也不至于……"

"等等……谁疏远我了?"覃茵茵也听晕了,"我肄业是因为专业课太难了,我认清了自己的水准决定趁早放弃,所以最后那半年我决定追求自己的爱好,去参加专业的登山运动了。"

两个人一时都愣了。

"那个什么,打扰你们了哈。"从他们身后的缆车里探出来一个脑袋,是矮个子青年楼天明,"有个问题我要反映下,我们伤员的情况好像……都不是很好。"

08

天色暗下来的时候,周选和那个年轻母亲都开始不同程度地发起烧来。他们中没有人随身带着体温计,也没有对症的药物。特别是那名年轻的女士,因为是颅后受到撞击,现在又伴随着呓语与高烧,情况十分危险。必须将这里的情况尽快报给外部救援队伍。

从雪崩开始到现在已经过去了两个多小时,如果下方基站的伤亡不是很严重的话,救援人员应该会开始往山上搜寻了,但是目前还没有信号。

覃茵茵站起来,观察了会儿山势,皱起了眉头。

江教授低声说:"坍塌形成了谷地,我们刚好处在四面封闭下凹的部分,信号收不到很可能就是这个原因。"

覃茵茵看了她一眼,江教授几乎立刻读懂了她眼里的意思——

没有信号的话，就走到有信号的地方去。

五分钟后。

江教授在整理工具包，覃茵茵正在往她那条酷似马里奥的蓝色大雪裤上绑绳子。楼天明偷偷靠过来，小声地叹了口气："讲真，我也二十几岁了，头一次觉得这么窝囊，靠俩女孩子逃出生天。"

覃茵茵安慰他："也别这么想，术业有专攻，就你那半吊子水平，还爬山呢，走雪路别摔跤就不错了。你任重道远啊小楼，这儿还俩伤号一孩子呢，你得照顾好了。"

楼天明应了一声，隔了会儿，朝江教授那边看了一眼，小声问："你和我说句老实话，你俩是真不熟啊？"

覃茵茵："之前是不太熟……"

楼天明压低了声音说："我刚想和她聊两句，她都一个字一个字往外蹦的，像和我说句话能浪费她生命似的，怎么我看她和你就聊得挺好呢？还有来有往的，你俩这里头铁定有事……"

覃茵茵将这胡说八道的家伙拍开，站起来朝着江教授喊："我好啦。"

两个人的计划很简单，先攀上左侧相对较低的雪坡，观察情况，由其中一人尝试从斜坡上下去，测试信号。

出发前，两人将较长的绳索系在腰间，方便互相支援，江教授把那件天价背心重新给覃茵茵套上了。

覃茵茵想要拒绝，江教授说："我体重比你重，等会儿上去了，多半是我在上面支撑，你去试信号，你这边危险系数比较高，你必须穿好。"

她十分坚持又有理有据，覃茵茵没再推脱。两个人装备好雪铲，又一人拿了一根楼天明他们的滑雪杖，江教授还背了工具包，然后两个人开始朝高处攀爬。

雪已经停了，风却仍不小，覃茵茵和江教授隔了大约两米的距离，从覃茵茵选择的路线上去。

"我上大学前是练体操的，后来离开X大，在专业登山队也待过几年，成绩还不错，这里的维修、救援都要求有登山经验的。"为了放松心情、缓和气氛，覃茵茵还在努力找话说，"我虽然是普通人智商吧，但运动细胞还不错。"

江教授："你很喜欢登山？"

覃茵茵："喜欢呀，比读书更适合我。我以前在X大过得难受，总羡慕这个崇拜那个，后来才明白，人啊，做接纳自己的人，才能真的感觉到快乐。"

江教授："所以你现在不崇拜我了？"

风声呼呼的，覃茵茵疑心自己是会错意，含含糊糊地回答："喜欢自己、坚持自己的活法，和欣赏别人又不矛盾。"

"嗯。"江教授难得地对她笑了笑，"坚持自己的活法和欣赏别人的活法，一点也不矛盾。"

谈话的转向有点奇怪，覃茵茵哈哈笑了两声，生怕再引出什么奇怪的话题来，没再起别的话头。

西侧的雪总体来说压得比较实，只有最上面大概七八公分的粉状雪，因此爬起来不算太吃力。她们选了个相对平坦的位置，江教授将雪杖深深地扎入雪下，整个人向后侧倒，而覃茵茵则手持对讲机，开始往最高峰的外侧移动。

一根绳索将两人牢牢地绑在一起，山体还不稳定，这样当然有一定的危险性，但她们正在为尽早获得救援而尽最大的努力，

已没有别的选择了。

覃茵茵不停地测试着信号,终于在到达某一个点的时候,对讲机里除了沙沙声,终于又传来了第二种声音。

她欣喜若狂,迅速将之前默诵了好几遍的信息大声喊了出来:"二道Ａ缆车区需要救援,人数六人,两名伤员,一名幼童,需要脑部与骨科紧急医疗干预,位置大约在K1230……"

她刚将大致铁索区段数字报出,骤变突生,那条连接两人的、今天已经被过度使用的绳索啪地断了。

她几乎是没有任何准备地往下栽去,上方传来江教授焦急的呼喊:

"覃茵茵——"

09

覃茵茵重新睁开眼睛的时候,人已经躺在了医院里,没见到其他人,只有傻小子楼天明溜达到她的病房来,和她八卦:"我可算知道什么是劫后余生了,幸好后来没多久雪就停了,救援直升机也来了。那小姑娘妈妈脑出血,挺严重的,过来就做手术了。"

覃茵茵:"你哥们呢?"

楼天明:"粉碎性骨折。"

覃茵茵想了半天,虽然有点不太好意思,但还是问:"江教授呢?"

楼天明嘿嘿笑了两声:"没大事儿,在眼科呢。"他说完这句又凑过来说道,"我跟你说,你这个朋友是真可以。你不是掉下去了吗,她拿那个探针,愣是凭物理定位瞎摸着,在救援队来前把你挖出来了,要不然你估计还得去 ICU 转一圈——你埋了多少米知道吗?"

覃茵茵愣愣地摇头。

楼天明比了个手势:"三点七米!人家还把滑雪镜给你了,救援队刚过来的时候人已经雪盲了,啥都看不见,吓人不?"

覃茵茵"啊"的一声叫起来:"这叫没大事儿?"

"欸,你别急啊,症状不太严重嘛。"楼天明说,"这不十几个小时了,能看见了,这会儿正在复查呢。"

覃茵茵不再听这说话大喘气的,她从床上跳下来,自觉除了肚子空了点,没啥大事儿,心急火燎地就往外面跑,问清了楼层去坐电梯,正撞上复查回来的江教授。

冰山女神穿着病号服,但气质不减,瞧见撞进来的"救援英雄",破天荒地笑了下,问她:"饿吗?一楼有餐厅,带你去吃点东西,去不?"

覃茵茵挺自然地挽住了她的手:"去。"

电梯下行。

覃茵茵说:"我算是回过味来了。"

江教授说:"什么?"

"你不是在 X 市吗?怀北雪场和南山雪场,雪质又好,交通又方便,你跑我们这儿来滑什么雪啊?"覃茵茵说,"主要我又想起来,上个月有个咱俩的老同学来附近做项目,和我在雪场见过,当时还关心了我几句工作来着。除此之外,我也没和谁说过我在这儿工作,连朋友圈都没发过。"

江教授不说话了。

"江晓淳。"覃茵茵也没看她，挺高兴地揽着身旁人的胳膊晃了几下，"你不会是特意来找我的吧？"

End

赢不了的战争，为什么还要打？因为人在乎。

FANYICI

这位病人，
请先挂号

这位病人，请先挂号

文 / 没用的罗兰

这世上总要有人甘当薪柴，而我恰好有点燃烧自己的天赋。

01

我叫吴青，是一名医生，有一天我遇见了死神。

事情是这样子的。那天我坐诊，刚给上一个患者开好单子，让他去付费拿药，外头就吵上了。

新来的小护士吓得贴墙站，抱着输液剂不知所措，而我则没有表情地按下叫号键，听那电子女声穿过灵长类斗殴的喧嚣，在走廊里清晰地重复"请4781号就诊人来1号诊室"。

真是没办法，可能这也是为什么急诊科的消毒机要用一根锁链锁在墙上。

结果今天就遇到了怪事。

本来任由外头如何吵闹，我还是像往常一样打开保温杯喝了一口茶，然后准备叫下一位。不想诊室门突然被撞开，进来了一

个人。

来人是位姑娘，但不太好估计她的年龄，因为她画了个大烟熏妆。

大到什么程度呢？上半张脸都被夸张的冷色调颜料晕染给填满了，嘴唇涂成了黑色，耳朵跟活页夹似的……我数了数，一边六个洞，另一边是七个，哦，嘴上还有俩。

"你就是吴青？"她问，声音倒是挺好听的。

"是我。"我慢条斯理地喝了一口茶，门外挂着我的名字和工号呢。

"就是你！就是你啊！"烟熏妆姑娘指着我的鼻子，好家伙，这手指上做的美甲也是黑色系。

"你是不是前天在急诊室把一个心肌梗死的病人给救活了？"她气急败坏地问我。

一瞬间我脑子里闪过无数可能性，比如那个心肌梗死的患者是她的仇人，是她很久不付抚养费的爹，是——

"我是前来收割灵魂的死神！都是你害我前天白跑了一趟！"

我看着她，她看着我，一时间诊室里只有沉默。

"你挂号了吗？"

她明显愣了一下。

"先去挂号。"我和颜悦色。

"挂，挂什么？"自称死神的姑娘一脸困惑。

"挂个脑科。"我面无表情地放下保温杯。

走廊里回荡起电子女声"请4782号就诊人来1号诊室"。

作为八年硕博连读的唯物主义医学博士，我当然不可能相信

143

死神的存在，更不要提直接来找我麻烦的死神了。

结果这天下班之后，护士长提醒我："小吴，院门口好像有人在等你。"

果然就是那个丫头，好像野猫一样埋伏在医院大门口的阴影里。

我目不斜视地走过去。

"喂喂！你明明看到我了吧！"自称死神的丫头跳起来，挡住了我下班的去路。

"看到了。然后呢？我没有猫条哦。"我说。

对方爹毛了："我又不是猫！"

"只有要东西吃的野猫会候在这种地方。"

……

那丫头扭头嘀咕了起来，说是嘀咕声音还很响，说着什么"当医生的果然难搞，根本不听人讲话"。

"其实没有，我一般会问人你哪儿不舒服。那么，你哪儿不舒服？"

"我没有不舒服，哦不对！我不舒服！因为……"

02

她向我阐述了自己的来意，简单来说就是因为我经常把即将撒手人寰的患者从死亡线上拉回来，导致这位可怜的死神小姐经常跑空。

她终于无法忍受，打算来见见我这位和她在素未谋面的情况下对着干了许久的人。

"生死有命，你不能这样坏规矩。"她非常认真地和我说。

当然这样的结论我是不认可的："你要不要先去和希波克拉底讨论一下。"要是真有死后的世界，这位被称为西方医学之父的猛人应该也在那儿才对。

"他才不听我的呢！怎么几千年过去当医生的还都是一样的臭脾气！"死神小姐哀号。

"那是当然的，好脾气又不能治愈疾病。"我叹了口气。

察觉到我的情绪变化，死神小姐突然扑上来抓住我的袖子，开始眼泪汪汪："姐姐……那你能不能可怜我一下，求求你——要是我再走空几次，就要通不过考核了……"

她真的开始用胳膊抹起眼泪，动作浮夸极了。

"妆要花了。"我十分无情地点评，科室里人人说我人如其名绝不是空穴来风。果不其然这丫头坚持了半分钟便原形毕露，大叫着装可怜怎么也不好使！

你都知道自己是在装可怜，别人不吃这一套也很正常吧！

"你，讨厌。"她一字一句说，"那头胡狼称你的心脏时也要捏住鼻子的。"

所以死后的世界到底是怎么个系统，怎么听起来中西结合得很和谐？

根据死神小姐的说法，她再这么下去就要考核不合格了。

这让我不由得同情了她几分——想不到除了要死要活的医学生和其他要考试的世间众生之外，连死神都不能幸免于万恶的考核制度。

"通不过会怎样？"我问她，然后就看到她脸上心搏骤停的表情。几分钟后，她好像重启成功一般问我中午吃什么。

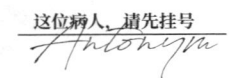

看来如果通不过，应该是很恐怖的结果。

也可能正是因为如此，这丫头从那天开始就常驻在医院里，游走在各大病区，可谓十分努力，但努力的方向似乎有点错误。虽然病人、病人家属并不知道她的身份，但据说稍微敏锐点的人是能感知到的，于是便有个好端端躺着输液的大爷突然跳起来拿拐杖指着她："你不要过来！我还没死！"

那丫头撇嘴："好的好的。"接着她从衣服口袋里挖出一本小本子翻了翻，"哦！你今年冬至之前就要挂！"

要不是我拦着，这位大爷的家属能把她给拍到墙里去。

护士长找我抱怨，说患者家属投诉越来越多。我说以防万一，先把输液室的躺椅凳子都给焊死在地上。

院长也找我谈话，说："这样下去不行，我们是要评三甲的。怎么可以让一个死神在病区走来走去，还吃我们的食堂，你饭卡上的钱太多了是吧！"

我低头认错，然后问院长有什么高见。结果院长也想不出来，护士长在门外偷听了半天，闯进来说她有办法。

护士长是本地人，她表示可以买两张门神贴门口，既可挡小鬼又喜庆。

院长大怒："这可是医院！你贴俩门神像话吗？你怎么不贴钟馗？"

护士长撇了撇嘴说钟馗也不是不行，可病人大概会有意见。

眼看着院长要气晕过去了，我连忙打圆场："都是为了评三甲。"

一天之后，门神贴上去了，就在门诊大厅的自动门上。我看

着俩门神跟着自动门开开合合，突然察觉到了问题——怎么这两个门神都长着猫脑壳？

门神是新来的那个小护士买的，她在边上很开心地和我说，她觉得这样比较可爱，患者看着不会害怕。

事已至此，我总觉得院长想让医院评三甲的愿望又遥远了几分。

也不知道是不是错觉，那天晚上值班，从门诊大厅那个方向隐约传来猫打架的声音。

第二天果然见不到死神小姐了。

门诊大厅里人流如梭，再没有一个穿黑色短裙、耳朵上打了十三个洞的人在里头窜来窜去，逮着一个人就查他还有多少日子好活了。

清净。

我看着诊室角落里那张空椅子，本来有个小丫头跑累了就会蹲在那儿，等中午停诊休息，再跟着我去食堂吃大排。

在食堂遇到护士长，她笑眯眯地和我说："这下好了，我就说门神有用吧？"

我应了一声，低头扒拉饭。

午休时间我绕着门诊大楼溜达了一圈，又晃到急诊部，再回来查看住院部，连隔壁行政和医美大楼都去了，最后在中庭的一个角落里找到了死神丫头。

这姑娘正抱着膝盖缩成一团，脸上还有十字爪印——也许那天晚上猫打架的声音不是错觉。

"怎么在这儿窝着？"我蹲下来。死神丫头大概是真的生气了，扭过头不理我，鼻子里发出特别明显的哼哼声。

"哎呀。"我摆出哄小孩的声音,递给她一个打包盒,里面是两块大排,然后就看到这丫头的眼睛亮了一下。

　　于是我宝贵的午休时间就全都耗在了蹲在中庭冬青树边看死神啃大排上。

　　"你要是乖乖的,我就把门诊室的窗户打开,你可以从那里进来。"我对她说。

　　"切,我才不要。我可是死神,又不是圣诞老人。死亡是生命的一部分,干啥还要偷偷摸摸的?"

　　这丫头还讲起哲学来了。

　　"话是这样没错,但人总希望自己活久一点,所以要大家坦然面对你还是有点困难。"我说。

　　"哈?这就是为什么人类需要医生?"

　　"确实如此。在很久很久以前人类会祈求神明来治愈自己的疾病,后来一些务实的人逐渐意识到治愈疾病未必需要依靠神明。前者成为巫师,而后者变成了医生。"

　　她若有所思地点点头:"可是人总是要死的,你这样治病救人一点意义都没有。"

　　"从长远看是这样没错。"我同意她的部分说法。

　　"赢不了的战争,为什么还要打?"她看向我,我发现她的眼睛是琥珀色的,非常美丽。

　　"因为人在乎。能让注定到来的离别延迟一些也是好的。"

　　"不明白,不懂。"她咕哝着。

03

发工资了,我决定去吃顿好的,问死神小姐要不要同去,她点头如捣蒜。最初看她一脸凶恶,想不到也是能够用食物收买的家伙。

"吃什么呢?"坐诊间隙我问她。

"火锅!"她笑得露出了尖牙。

好的,那就火锅。

离医院几站路的商业区有一家物美价廉的火锅店,门口有个硕大的铜牛,牛屁股被来往的客人摸得锃亮,光凭这个可以当镜子照的亮度就知道这家店的生意有多好。

落座、点菜、拿调料,这位死神小姐从调料台挖了满满一碗辣子,拿筷子当杵捣着这么过来了。

"不是,你一个死神吃这么辣啊?"

"阴间冷嘛。"

倒也反驳不了她的话。

"所以死神的工作就是把死者的灵魂带离?"涮肉的当口我问她。

死神小姐把一块虾滑塞进嘴里嚼嚼,点点头。

"难道所有人的死期都是定好的,真有生死簿这玩意?"

死神小姐又点点头。

我长叹一声,过去有一段时间笃信人定胜天,如今宿命论扑面而来,有点不是滋味。

"但那只是个参考。"死神小姐向肥牛卷发起进攻,结果被辣得猛吐舌头,"要不然我也不至于白跑那么多次。嘶!辣死我了,好爽!"

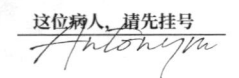

"你知道吧？人类，我是指活人哦，是可以有限地改变已经决定好的命运的，不管是往好的方向还是往坏的方向，都可以。尤其是你这种人，简直是死神考核路上的大敌。辣啊！"她边说边往嘴里又塞了两个肉丸子。

喂，大敌如今在请你吃火锅好吗？

"而且不管你们活人干了什么，死神都是没法干涉的。不行了不行了，我要喝水！"

她捧起酸梅汤的杯子一顿狂灌，最后哀怨地看了我一眼。

我寻思那意思是……如果她能干涉，一定会在我对患者进行急救的时候抱着我的腿不放。

不知道为啥，看她哀怨我居然觉得很开心。为了看她露出这样的小表情，我甚至在考虑是不是可以把这样的约饭变成日常固定的活动。

就在这个时候，火锅店外传来一声巨响，好像有什么东西撞上了什么东西。客人们呆愣了几秒钟，有些反应快的起身开始查看，几个服务生已经跑出去了，紧接着有人跑进来大叫："车祸！快打120！"

我起身跑了出去。门口的铜牛已经倒了，牛身上有明显的撞击痕迹。

一辆车侧翻在一边，车头扭曲变形，车身几乎散架。地上躺着两个人，看样子是从车里被甩出来的，车里还有一个人，是绑着安全带的司机。

已经有人跑到车前，打算把司机从车里拖出来。

我赶紧去查看另外两位伤者的情况，其中一名看起来是四十岁左右的女性，脸朝上躺在地上，四肢无力，已经失去知觉。我

唤了她几声，迅速检查她身上是否有体外伤。

她的右臂呈不自然的弯曲，我判断这里极可能骨折，但最大的问题是，我把手指放在她的颈动脉上，竟然测不到脉搏了。

一般来说这样的情况比较少见，但也许伤者本来就有心脏方面的疾病也未可知。

眼看着其他人已经把司机给抬了出来，"打120了吗？！"我对前来施救的人们喊道。

"打了！打了！"

"打了！"

"这司机没气了！脑袋，脑袋豁了！"

"那小孩还能动！"

众人七嘴八舌。我只觉得脑袋发蒙，周围的声音都隔了一层。我深深地吸了一口气，当机立断先救治这位女性伤者。

右臂的伤情且放到一边，在确认她口中没有异物之后，我开始给她进行心肺复苏，每分钟一百到一百二十下。

不知道救护车什么时候能到，只要坚持到那个时候说不定还有希望。

死神小姐出现在我身边，脸上仿佛蒙着一层冰霜。

"他们是一家三口。"她说，"爸爸我已经带走了。"

我心里一惊。

"女儿没事，至于妈妈——"她看向正在被我按压胸口的女性伤者，以一个标准的死亡使者的姿态审视，气场压根不输那位披着斗篷手持镰刀的骷髅形象。

伤者的面部并没有出现红润，这说明按压并没有起效果。

时间在过去，机会逐渐渺茫。

"至于你个头！过来接手！"面对这生死攸关，我对死亡使者大怒。

"什，什么！"对方瞬间结巴了。

"过来！我教你！赶紧！我按不动了！食指贴到腋下！平移过来这个位置，对！就这儿！双手重叠交叉，用掌根，按！"

死神小姐被我一通赶鸭子上架，居然按得还挺有模有样。死神小姐边按压边哭叫着："我按不动了！你竟然叫一个死神做心肺复苏！"

这叫作是个人有双手就拿来用，谁让你凑得这么近的？

所幸救护车很快赶到，医护人员把伤者抬上去之后，救护车呼啸着离去。

我和死神小姐一屁股坐在地上，揉着对方脱力的胳膊。都说医生应该日常锻炼才能更好地悬壶济世，这话真是不假。

"那孩子的爹真没了？"我问她。

她点点头。

"那……她妈呢？"我又问。

"应该没问题。"死神小姐呆愣着说，她突然躺倒在地，开始抱头乱滚，"啊啊啊，又要被扣分了！我可是死神欸！做什么心肺复苏！完蛋了！"

"太好了，至少她还有妈妈。"我说。

可能是见我没有吐槽她，死神小姐反倒不习惯了，滚了一会儿就爬了起来，拍拍衣服上的土。

"可是，那个孩子的妈妈有先天性心脏病，还是会在她十八岁那年去世。"死神小姐翻出口袋里的笔记本。

"那至少还有几年时间。"我说。

死神小姐盯着笔记本，又看向我，最后她似乎明白了一些什么，试探着出声："延迟一些的离别？"

"嗯，谢谢你。"我对她讲。

结果她好像猫被火燎到了胡子那样跳了起来："一个医生，对死神说谢谢？！你脑子坏掉了吗！"

"我也不是真的人如其名，冷酷无情啊。"我对她摊手。

"嗯……"死神小姐露出了特别纠结的表情，她扯了好一会儿头发，最后应该是下定决心了，重新又把视线落在我身上，"那……我要告诉你一个秘密。"

"什么？"

死神小姐琥珀色的眼睛里映着我的样子，她一字一句地说："你最近，可能要死了。"

04

我倒是很好奇自己会怎么死，论身体上次体检结果也还不错，论工作强度离过劳死又还有点距离，那最大的可能就是意外了。

俗话说明天和意外不知哪个先来，所以人要及时行乐，可身为医生行乐的空闲实在有限。

这天早上我刚换好衣服，往保温杯里灌好水，准备进诊室叫号。护士长就心急火燎地跑来通知，说某菜市场二楼发生坍塌事故，运送伤者的救护车已经在路上了，叫我们都去急诊室做好准备。

我一边关照二号诊室的同僚，一边小跑着跟上护士长，问她伤者有几个。这种突发情况虽然不能说频繁，但也常常会遇到，要是人手不够，连轮休的同事都要喊过来。所以啊，对医生好一点啊。

　　一眨眼的工夫，三辆救护车风驰电掣地冲到医院大门口，一个急停，担架就下来了。三四个人护着一个担架往急诊室推去，后头紧跟着下一个。大厅里的人群纷纷避让，给留出一条通道来。

　　场面虽紧张但有序，就听着急诊科主任用他的大嗓门在调度："这个去一号床，老张你负责！那个来三号！对，你的病人。"

　　门外又有救护车的呼啸声。等着调度的我开始做热身运动。

　　这个时候，走廊尽头出现一阵吵闹声。有个穿着套头衫、戴着兜帽的男人凑过来问我："医生，二号诊室怎么走？"

　　我指了指门诊的方向："右手转弯第二间。"

　　趁我转头的瞬间，那人拔出了一把刀。小护士看见了，尖叫了起来。

　　"杀人啦！"小护士持续尖叫。

　　我本能地向后躲，整个人摔倒在地。

　　持刀者砍空了一刀，迅速又挥来了第二刀。

　　我摔在地上，根本无处可躲，下意识地举起双手挡住头部。

　　那一瞬间的念头竟然是：我不会在这儿被乱刀砍死吧？那也太难看了！

　　紧接着周围的一切开始远去，眼前开始出现走马灯。从我那些童年往事开始，到我年少时号称要当医生，再到我寒窗苦读十数载考上了医学院，年年期末背书到深夜，解剖课上锻炼到面无表情。等到毕业了，实习、考证、治病救人，脱了白大褂和病人对打，吃处分；治病救人，家属感谢，送来的锦旗上把我的名字写错了；治病救人，上急诊夜班，有一个被送来的小姑娘……

　　小姑娘送来的时候还有意识，但是很快整个人就不行了。血

压一直往下掉,推肾上腺素也无效,血压持续往下掉,最后心电图直接平了。

那是头一回有个活生生的人在我手边没了。

也不知道是不是刺激太大让大脑的自我保护机制启动,我竟全然不记得了。

事到如今我反而想起来了,那姑娘有一双很好看很好看的琥珀色眼睛。

"吴青!吴青!没事了!喂喂!"琥珀色的眼睛在我眼前晃着,我慢慢回过神来,先摸摸头,好端端的,再摸摸脖子,也没事,最后才定睛看向眼前的人——是死神小姐。

持刀者已经被群众按在地上,上边扑坐了四五个人,压得他动弹不得,一个大爷拎着他的那把菜刀正在交给保安。死神小姐还想对着那人的脑袋踢两脚,被围观群众给拉住。

根据小护士事后的说法,千钧一发之际死神小姐不知道从哪儿扑了出来,拽过急诊室的消毒机那么一扯,那挂墙上的锁链绷直了,把那人一绊。那人摔在地上还想挣扎,死神小姐又给了他两脚。

反应过来的群众迅速一拥而上,结果便是我之后看到的那样。我这时才理解什么叫作真正的生死一线,想站起来,却觉得双脚发软。

一双胳膊把我扶起,这丫头身上还挂着树叶,想来是拼命挤过中庭的冬青树,抄的近路,钻的窗户。

"哼,这种人下地狱,地狱都嫌臭!"她还在恼火,突然反应过来什么大叫起来,"我怎么又干救人的事了!我完了!"

"本来我会死在这儿?"我不禁开始脑补自己的追悼会,一道红色的横幅上写着吴青同志永垂不朽。

"对啊。本来你今天就会死，然后我就可以带着你的灵魂走了。我的年度考核也就完成了。"她歪头看向我。

"那现在……是怎么个说法？"说实话我的脑子还是乱乱的。

"不知道……我……我只是……"死神小姐突然支吾起来，"你说的！延迟的离别！这儿日子挺好，我不想走了！你——还会请我吃火锅！反正你早晚会死的，到时候我再来接你！"

这丫头真是太会安慰人了。

那日之后，喧嚣的世界终于平静下来。

好消息是当天事故的所有伤患全都无恙，一部分人已经自行出院，另一部分转去了普通病房。

持刀砍人的那位兄弟被义愤填膺的人民群众坐断了肋骨，最后还是在我们这里接受了一番救治才被警察同志带走。

据说原本这人的目标是二号诊室的同事，那个大兄弟逃过一劫，大兄弟的妈妈跑来医院，哭着说是我替她儿子挡灾了。大伙忙着劝，结果阿姨越说越离谱，问我愿不愿意"娶"她儿子回家，要走无以为报以身相许的路线。

我落荒而逃。

医院大门上的俩猫猫门神仍然跟着自动门一开一合，倒是吸引了不少来看病的小朋友。只要对他们说"看呀，是猫猫哦"，上一秒还在因为打针吃药哭呢，下一秒大半就止住了哭声开始盯着门上的猫猫瞧了。

看来院长评三甲的梦依然遥远。

这天我换上白大褂,灌好水进诊室开始叫号。未等排在第一位的患者落座,一个人影从门外跟着蹿了起来。

"我和那俩猫门神说我是你的家属!他们就放我进来了!真好骗!"

我看着眼前这位耳朵上十三个洞、烟熏妆画了半张脸的死神小姐,死神小姐也得意扬扬地看着我。

沉默弥漫在诊室里。

"挂号去。"

"啊?"

End

她不敢再看了,她怕着了诺拉的魔。

FANYICI

双姝

Fanyici

双姝

文 / 温裘

庸碌世界的潜行者，世界自有一兆亿浪漫。

01

　　林顿很少以这种仰视的角度看一个女人。并不是因为女人细长的鞋跟，也并非因为她站在了高几级的大理石阶梯上，他觉得自己是被眼前的美丽震慑住了。

　　女人身着黑丝绒的露背长礼服，如缎的长发盘起，露出纤长的脖颈和弧度美好的锁骨，一枚光滑圆润的黑珍珠胸针装饰在她的领口，低调而名贵。

　　聚焦在无数目光下，她依旧进退有度、言笑晏晏，抬手将宾客一一请入身后那个琉璃世界般的宴会大厅中。

　　烟黄色的灯光投射下来，照出她高挑的眉和鲜红的唇，两片浓密的睫毛扫下来，与之呼应的是随微笑翘起的眼尾——造物主的杰作。

透过这张脸，有人看出了美艳，有人看出了妩媚，也有人看出了让人折腰的风情……但林顿看到的，却是熏天的权势。

距离太远，林顿听不见她的话音，只能看见她的唇一开一合，形状饱满，色泽浓艳。这让他不禁心跳加速，吞了吞口水，藏在裤兜里的手指都蜷缩起来。

这女人便如同她身后望不到边的唐家大宅一样，勾人心魄而又遥不可及。

"她就是唐家的大小姐吗？"他低声问，极力不把自己的失态表现出来。

"大小姐？"身旁的师哥嗤笑道，"那是诺拉，已故唐老爷的养女，唐家现在的当家人。"

林顿有些困惑。

唐家是豪门中的豪门，门前的阶梯通透如白玉，不沾染一丝灰尘。按理说，他这样的身份这辈子都很难成为唐家的宾客，所幸他有一个被奉为社会名流的教授。

师哥接着说："你看见她衣领上那枚黑珍珠胸针了吗？那是世界上绝无仅有的珍品，当时唐老爷花这个价从拍卖行买下。"说罢他伸出两只手，比了个令人咋舌的数字。

师哥告诉他，所有人都以为这颗黑珍珠会被送给唐家的下一任继承人，可没过多久，诺拉就佩戴着这颗珍珠代表唐家出席各大场合，那年她才十八岁。

从此以后，她便有了"黑珍珠"这个绰号。

"如果你要打她的注意，还是别想了，这女人狠得要命，八九个政客加在一起，都斗不过她。

"据说，唐老爷离世前长年与夫人分居，在首府和二太太居住。

161

夫人和大小姐坎蒂丝则被养在乡下祖宅,久不通信,可不知道从什么时候起,他身边却多了一个小小的养女。

"当时唐老爷在宅子里暴毙,所有人都以为夫人远在乡下,必然是二太太接手家产。"师哥小声说,"可唐家大小姐却不知什么时候从祖宅被接到了首府,诺拉站在她身后,拿出了唐老爷的遗嘱,宣布唐家所有股份、资财和房产都归大小姐这个法定继承人所有,二太太硬是一丁点儿好处都没捞着。"

林顿忍不住问:"那二太太现在在哪儿?"

"谁知道呢?有人说她疯了,有人说她被诺拉控制起来了,还有人说……"讲到这里,师哥不敢再讲了,豪门的秘密太过危险,不是他们这种出身的人能置喙的。

"所以现在唐家是大小姐做主?"

"唐大小姐?她不过是诺拉手中的傀儡罢了。"

诺拉毕竟不姓唐,要想在当家人的位置上继续坐下去,就少不了坎蒂丝这个傀儡继承人做幌子;而坎蒂丝·唐这只白天鹅,如果没有诺拉的手腕庇护,也迟早会被家族和董事会吃干抹净。

这一黑一白,从来就是共生的关系,谁也没法彻底离开谁。

说到这里,他们不约而同地回头去看门外的诺拉,与此同时,诺拉也恰好回首,朝他们嫣然一笑,不知道是听见了什么,还是只是出于礼貌。

林顿承认,自己有些目眩神迷。

02

接待完所有宾客,诺拉踩着高跟鞋的两条腿已经酸得快站不

住了，可她面上没表露出半点疲惫，依旧光彩照人。

乘坐私人电梯上到顶楼，伴随着"叮"的一声，一个与楼下宴会大厅截然不同的烂漫世界展现在眼前。

唐家大小姐坎蒂丝·唐的卧室就位于这一层。

鞋跟踩过柔软厚实的地毯，空气中飘浮着清甜的淡淡香薰，走廊里用人们抱着换下的衣裙和首饰盒子不断与她擦肩而过。她看了眼墙上摇摆的挂钟，还有不到半个小时，舞会就要开始了。

对于许多贵客名媛来说，这是喧嚣和欢乐的序幕，可对唐家和董事会来说，今天的舞会却有着重要的意义。冯家和唐家如今在生意上正拧着一股劲，唐老爷去世后，冯家愈发不择手段，想垄断一条原本由两家共同控制的资本线，处处针对，打压得唐家喘不过气来。

唐家这座上世纪建成的大厦虽然奢华无匹，但太老了，老得无论从哪一处被人钻了空子，都有倾塌的风险。

所以家族和董事会不想与冯家有正面冲突，经过商讨，他们决定答应冯家求娶大小姐坎蒂丝的要求，以联姻平息争斗。

订婚仪式就在下个月，而今晚冯家继承人昆廷·冯就会亲自登门，玩乐是假，真正目的在于试探唐家的态度，最重要的是唐大小姐的态度。

而坎蒂丝不想嫁给昆廷·冯。

果不其然，还没走到门口，诺拉就迎面碰到了被赶出来的女佣，女佣来到她身边，嗫嚅道："诺拉小姐，妆发已经好了，可大小姐不管怎么劝，就是不肯换礼服。"

诺拉一阵头痛，却还是强撑着笑进了门，外面的人不管如何凶神恶煞，她都有信心搞得定，可面对眼前这位大小姐，她却时常束手无策。

因为自认是这里真正的主人，坎蒂丝就连任性起来都比旁人更悠然自得，此刻她裹着件浴袍，顶着精致的妆容和盘好的发型，整个人陷在沙发里，露出两条白生生的小腿。

她手里捧着本什么杂志，眼睛却完全没有在看，从书页上方露出来一双剪水乌眸。

两条腿在浴袍下交叠，雪白的兔毛拖鞋则在右脚脚趾上松松挂着，随着轻晃摇摇欲坠，露出细瘦的脚踝——养尊处优的人，连关节处都透出淡淡的粉红色。

昂贵的高定礼服挂在沙发后的衣架上，层层白纱裙摆如天鹅羽翼般展开，上面星光点点，如同收藏在美术馆中的艺术品。多少女孩梦寐以求，可她却连看都不屑看一眼。

"你答应我会去舞会的。"诺拉拿掉她眼前的杂志，合好后放在茶几上。

坎蒂丝抬头看她，粉嫩的嘴唇如某种汁水充足的水果："我没说我不跳，"她纤细的十指慢慢相插，托起了小小的巴掌脸，"我只是……记不清楚该怎么跳。"

说话间，她柳眉轻挑，隐隐藏着几分兴奋，仿佛因为践踏了面前人的权威而自得。

诺拉知道她是在胡说八道，她学了那么多年跳舞，因为记不清楚舞步而无法去舞会，这是小孩子都不会相信的幼稚谎言。诺拉垂眸继续看着坎蒂丝，等待着她的下文。

果然，坎蒂丝露出了一个略带挑衅的笑，她抬起一只手，伸到诺拉面前："诺拉老师，你教一教我，我就学会了。"

滑嫩的手背在灯光映照下，色泽仿佛上好的白瓷，唐小姐就是这样一位高贵、脆弱却又带着几分偏执的女孩。诺拉一把拉起那只手，从沙发上拽起她轻飘飘的整个人，留声机从头开始转动，老唱片的旋律绵长缭绕。

"你和其他人跳舞的时候，也是这么敷衍了事的吗？"坎蒂丝在她耳边问。

楼下的几百位宾客们云集在宴会厅中，餐点和酒水都已准备完毕，所有人都不无焦急地等待着舞会的开场，可就在他们的头顶，这座建筑的顶层，唐家的两位"小姐"却在卧室内翩翩起舞。

"喷的什么香水？"坎蒂丝凑近了轻轻问。

诺拉如实回答。

坎蒂丝有点不满："怎么不用我送你的那瓶？"

诺拉顿了一下，说："太甜了，不适合我……生气了？"

坎蒂丝闭上双眼："没关系。"

诺拉听了这话，不知该如何回应，只照着舞步带着她转了个圈。

"诺拉，小的时候你也是这么拉着我，教我跳舞。"坎蒂丝又说，"那时候我才刚到你的肩膀。当时我心里就在想，这个姐姐可真聪明，又这么美，什么事情都能做得好。"

听了这样的夸奖，诺拉脸上却没有浮现喜色，反倒凝了一层忧虑的薄霜。

坎蒂丝道："可是你太聪明了，就把我衬得这么蠢，这么容易被算计，明明我才是唐家的大小姐。"

一股寒意顺着后背蹿上来，或许是那只手太凉的缘故。

"这些年来我一直在向你学习，你的一举一动、一颦一笑，我都记在心里。我已经二十岁了,如果现在让我来做唐家的当家人,我也做得到。"她低笑,"但我却甘愿把这个位置让给你。你知道为什么吗?"

她向后退了半步,这样她便能够看清诺拉那双幽暗的眼睛,诺拉不表态,只是望着她,仿佛在看一场独角戏。

最终,还是坎蒂丝先败退了。

她叹了口气,又露出天真无邪的神色来:"你摸摸我的头,摸了就告诉你。"

"不行。"诺拉回绝得果断,"舞会马上就要开始了,头发会乱。"

坎蒂丝脚下的舞步停住了,与此同时,留声机里的乐音也戛然而止。她还穿着拖鞋,眼下比穿着高跟鞋的诺拉矮了快半个头。她踮起脚尖,红着一双眼睛凑到诺拉耳边说话。

"诺拉,你太坏了。"她说,"我恨你。"

03

坎蒂丝永远不会忘记,那天她站在门外听到的话。

清澈的阳光穿过庭院内山茶树的枝条映照在彩色玻璃窗上,贴近了看,可以看见里面团团的人影,只是那人影全被光影扭曲掉了,像是一出荒谬的皮影戏。

她将微微颤抖的指尖贴在玻璃上,听着家族长辈们和董事会对她命运的判决。

这群人,又是这群人。

一开始,他们便生生将自己与母亲拆开,裹挟她进入这魔窟般的华丽世界,要求她从一个自由自在的乡下女孩成长为上流社

会的完美淑女，靠她谋夺唐家那不可计数的家产；而现在，唐家有难了，这群人又想将她推出去和冯家联姻，敲骨吸髓般榨干她的最后一点价值——明明她才是唐家的继承人，唐家真正的大小姐。

满腔的愤怒在她瘦小的胸膛中酝酿，她几乎是歇斯底里地推开房门，冲进去打断了即将结束的会议。当中摆着的花瓶被她踢翻了，花枝也被摧折，她朝着四面八方，朝着那些陌生而严肃的面孔大喊着"我不答应"，可她并没有那么强的中气，连呼号都是弱小的。

最终她只得在泪眼蒙眬中，死死抓住眼前墨绿色的裙摆。

愤怒消退，在看到这个人的瞬间，无限的恐慌涌上坎蒂丝的心头。

她无力地跪坐下来，抬头望着高高在上的诺拉，眼泪打湿了雪白的脸庞，她哽咽着、挣扎着，像抓到了最后一根救命稻草："我不嫁！诺拉你告诉他们，我不想嫁，我不喜欢昆廷·冯，我讨厌他，你倒是告诉他们啊！"

无论如何，诺拉应该是站在自己这一边的。十三岁那年，便是诺拉将她从遥远的乡下接过来，在涌动着恶意的人海中，教会了她在这个社会生存所需的一切。

诺拉是朝夕相伴的亲人，是最好的老师，也是为她遮风挡雨的最后一道屏障。

她不相信……她也不能相信，诺拉会放弃她。

诺拉伸手将她扶起来，拍了拍她裙摆上或会沾染的尘埃。她低下头，用一种大姐姐口吻温柔地对坎蒂丝说："小姐，你也该懂事了，知道什么事不能做，什么事忍耐着也要做。"她扶着她的肩，

167

身影却与身后那些模糊的、黑色的人交叠在一起，"我们都是这样一路走过来的。"

那一瞬间，坎蒂丝忽然觉得，诺拉离自己无限遥远，过去所有的美梦都是自己编织的，诺拉或许从来就不在意自己。

后来她明白了，诺拉不是不在意她，只是比起她，诺拉更爱权势。

七年来，诺拉这颗黑珍珠已经深深地长进了坎蒂丝的生命里，摩挲着她最脆弱的神经，挖不去，一旦挖去便是血肉模糊，玉石俱焚。

所以她只能成全诺拉，以及她要的权势。

坎蒂丝站在镜子前,眨眼隐去眼底的湿润,提着裙摆转过身去，正对上诺拉欣赏的目光。她是诺拉精心折好的白色千纸鹤，也是诺拉最完美的一件作品，这就足够了。

她走到诺拉身边伸出手，诺拉立即伸手扶她。

两位名媛相携着穿过长长的走廊，走过无尽的寂寞，最终出现在那长阶之上的水晶灯下。巨大的灯饰折射着虹色的光，高高的香槟塔旁，所有宾客都停止了交谈，站在原地为她们的出现而鼓掌。

好一场气派的繁华，诺拉一定会喜欢。

分开前，她用指甲在众目睽睽下轻轻地戳了下诺拉的手心，换来那人微笑下吃痛的一蹙眉，坎蒂丝很满足。不知道为什么，最近她格外喜欢看诺拉失望受伤的表情，或被她惹得恼怒却不能发作的样子。

她想这是她送给诺拉的报复。

04

坎蒂丝面朝着宴会大厅的落地窗,背对着人群,目光却丝毫没有落在窗外。

鲜花、美酒和悠扬的管弦乐都不能引起她的兴趣,她的目光仿若有实体般在玻璃上游移勾勒着——她在看诺拉反射在上面的身影。

瞧啊,她又在假笑了。

坎蒂丝心里暗暗地想,她那熟悉的假面具,连嘴角的弧度都扬起得完美无瑕。

明明诺拉对面就是她未来的丈夫昆廷·冯,可她却没有分半点眼神给他,只是想着,他们在说什么,笑得那样开心,连香槟都快端不住了。

他们分开了,昆廷·冯忽然向自己这边走来,她连忙别过目光,假装在看窗外绽放在夜色里的那丛蔷薇。

不用看,她都想象得出昆廷·冯那令人厌恶的神情,说起来,他也算相貌堂堂,可配上他的神情和气质,形象就太不堪了,几乎让人看不下去。

诺拉呢?她有没有一起过来?

回身的瞬间,她看见了站在原地作壁上观的黑裙女人。她手里仍拿着那杯可恨的香槟,隔着黑丝绒手套扼住玻璃杯细窄的杯颈。

瞧那副神态,仿佛是一个刚刚交易完赎金的劫匪,接下来发生的一切她都不放在心上。

"唐小姐。"昆廷·冯说话了。

他开口时,所有人便都看向他。他来这场舞会的目的,在场所有人都能猜到个七七八八，一瞬间坎蒂丝感觉自己仿佛暴露在聚光灯下，那些不加掩饰的目光都要将她扒光了。

这些人在想什么呢，想她傻乎乎一场，终究还是被诺拉卖了吗？

不许看，你们谁都不许看！

她心里已经很狼狈了，面上却依旧要故作从容。她微微偏着头，轻声道："冯先生，你好呀。"

"唐小姐依旧这样美丽动人。"昆廷·冯胸有成竹地伸出手，邀请道，"可否赏脸，陪我跳一支舞呢？"

坎蒂丝的手攥着裙摆的白纱，她抬头看向诺拉，诺拉微不可察地朝她点了点头，就像在她身后推了一把。

伸出的手悬在半空，她忽然掩唇一笑，笑容有几分孩子般的稚气。

她的目光终于落在了昆廷·冯身上："冯先生，你是不是觉得，你是今晚最有资格邀请我跳舞的人，所以料定我不会拒绝你？"

笑意陡然从昆廷·冯脸上消失，他的手还伸着，嘴唇绷成了紧紧的一条线。

"可今晚是唐家的舞会，而我这个大小姐又是出了名的任性，所以你恐怕不能如愿了。"

她拎着长裙从昆廷·冯身边走过，目光在前方横扫了半圈，几乎是随机地走到了一位年轻的绅士面前，微笑着屈了屈膝："这位先生，请问您贵姓？"

那是位身上带着几分文气的青年，骤然面对这么多人的注视，他的脸肉眼可见地红了。向着坎蒂丝鞠了鞠躬，他说："鄙姓林顿。"

"那林顿先生，"她微微提高了声音，"你愿意在这个浪漫

的夜晚，与我共舞一曲吗？"

林顿完全没有想到，今晚竟会有这样的邂逅。

昆廷·冯的目光正死死盯着他，他知道，自己是完全无法与冯家继承人争上一争的，可热血在他的身体里汹涌，在坎蒂丝的邀请下，他的脖颈忽然硬了起来。

更重要的是，坎蒂丝太高贵了，她这种俯视所有人的姿态，让他不自觉产生了一种虔诚的艳羡。

明明是最普通的一句话，经由她口中说出来，在他听来便仿若神谕，而神的昭谕是不能拒绝的。

他拉住了唐大小姐柔若无骨的手，放在唇边作势吻了下，轻声道："我的荣幸。"

坎蒂丝漫不经心地看了诺拉一眼，与林顿一起旋入了灯光辉映的舞池。

05

林顿轻轻揽着她的腰，只觉得自己走入了一场易碎的幻梦里。来之前，教授曾不止一次叮嘱过他们，认清自己的出身，不要蹚入大家族的浑水，小心摔得粉身碎骨。

可眼前与自己共舞的这个女孩是如此柔弱，柔弱到不好好供养就随时会死一般，她身上连诺拉那股威严劲都没有，仿佛一团霜白的雾气，即使怒意汹汹地扑过来，也没有任何威胁性。

想到这里，他忍不住又看向不远处的诺拉，诺拉似在向羞恼的昆廷·冯赔罪，双手合十说着什么，面上却没有惊惶或恐惧，礼数周全，让人不好真正迁怒于她。

作为补偿，在距离他们不远的地方，由她来与昆廷·冯共舞。

"喂。"坎蒂丝靠近他耳边，气息清甜，"告诉我，你在看谁？"

"没……没有在看。"他收敛眼神，有点慌张。

女孩已然发现一切，却伏在他肩头轻轻地笑："我问你，你觉得我和诺拉小姐，谁更漂亮？"

这是个很难回答的问题，黑珍珠和白天鹅，怎么选？无法相较，都是绝色。女孩的气息迷惑了他的思维，他决定说个无足轻重的小谎："我觉得你更美。"

"骗子。"坎蒂丝小声嗔怒，那怒意是带着笑的，"就凭你也配觉得诺拉不美？"

"不……我不是这个意思。"

"开个玩笑，瞧把你吓的。"

两对搭档随着舞步的流转渐渐靠近，一种莫名的压迫感袭来，让林顿的精神更紧绷了几分。可偏偏这时，坎蒂丝却要逗他说话："我忽然觉得，你看起来一点也不比昆廷·冯差，不如说，在我身边很少能见到林顿先生这种气质的人，我还挺喜欢你的。"

她说这话时，林顿刚好揽着她的腰轻快地转了个半圈，与此同时，诺拉也随着舞步旋转来到了他们身后。金线镶边的黑丝绒裙摆和缀满钻石的白纱裙摆同时绽放，翩然交叠的瞬间掀起了一阵小小的风暴。

"唐小姐过誉了。"他低下头，不敢应承这份褒奖。

"胆小鬼。"坎蒂丝道，"怕被他们听去？我都不怕。"

他更难为情了，只盼着这支乐曲早点结束，却暗暗地不想放开这只手。

临走的时候，坎蒂丝叫住了林顿，往他的西装口袋里塞了什么。

直到汽车彻底开离了唐宅，开离了这片很难再踏入的富人区，他才敢偷偷地拿出来，将纸条小心翼翼地展开——那是一串电话号码。

飞快地将纸条塞回去，他确认身旁的师兄还在酣睡，而他的一颗心快要跳出了胸膛。

06

诺拉敲门的时候，坎蒂丝正坐在上午的阳光里，对窗绣着一株野百合。

黑色的丝绸蒙在绣绷上，发亮的丝线轻易戳破了表面，让她升起一股破坏的快感。

可反复的戳刺破坏却组合成了这样美丽的图案，如此荒谬又矛盾，就像她眼下正在玩的这场游戏。

"进来。"她微笑着说。

鲜明的脚步声传来，紧接着，一沓信纸像雪片一样从她头上飞落下来，诺拉的声音在身后冷冷地响起："解释。"

她生气了，坎蒂丝快乐地想。

她放下绣绷，转过来看向诺拉被逆光笼住的脸："没什么，就是你看到的这样，半个多月以来，我一直在和林顿通信传情。"

诺拉在她对面坐下来，眼神不复往日的沉着冷静，仿佛在害怕什么，而这正是坎蒂丝想要的效果。

"胡闹也要有个限度！我这几日为你收拾舞会的残局，已经很疲惫了，你就不能让我省点心？"诺拉质问着，身体下意识向她微倾,"你知道林顿是个什么样的人?"

"爱我的人。"坎蒂丝不假思索地道。

"爱?"诺拉仿佛听到了什么讽刺的词,"你们才认识多久,知道什么叫爱?你最好想清楚,他爱的是你,还是你唐家继承人的身份?"

坎蒂丝看着自己阳光下闪闪发亮的指甲:"或许吧,但我也不是很在意,因为我至死都会是唐家继承人,这样他就会一直深爱着我。"她嘴角甜蜜地勾起来,"而我,也喜欢上了他。"

"你……喜欢他?"诺拉坐在那里,那双黑珍珠般的眼瞳里头一次出现了什么闪烁的东西,仿佛有什么难以处理的信息入侵到了这人精密的思维里。她皱了皱眉,两次,却还是无法分辨其中的含义。

她茫然地抓住了坎蒂丝的手,又问了一遍:"你喜欢他?"

"对。"坎蒂丝道,"最喜欢,世界第一喜欢他。"她说谎了,她不喜欢林顿,不如说,现在的她平等地恨着所有人。她这样做,只是想让大家都不好过。

"你不能喜欢他。"诺拉下了断言。

"凭什么?"坎蒂丝挥开她的手,"那你说我该喜欢谁呢,诺拉小姐?"

诺拉垂下眼帘,阳光映在她的脸上,有淡淡光影在晃动。

"反正不能是他。"说到这儿,她已经恢复了平日里循循善诱的神态,伸手抚在面前人的脸颊上,温声道,"我的小姐,爱有什么好的?生活已经这样辛苦,为什么非要去爱一个人呢?"

是啊,坎蒂丝望着她贴近的脸,有一瞬间的失神,多辛苦,为什么非要去爱一个人呢?

"我知道林顿不值得托付,可是这里这么大、这么冷,又都是恶毒的陌生人,再没有爱,我就要被冻死了。原来我们两个还可以像姐妹一样抱团取暖……"说到这儿,她笑着吸了下鼻子,有一滴泪珠直直地坠在了诺拉手背上,"可是你现在不要我啦,我只能自己想办法,你还不明白吗?"

"我没有不要你。"诺拉重复着,"我不会不要你。"

"你别骗我了,我已经长大了。"坎蒂丝站起身,那只捧着她脸颊的手便滑落下来。

"小姐,从看见林顿的第一眼,我就在他的眼里看见了欲望,那欲望不是对女人的。他对权势的渴望没有尽头,为了往上爬,他可以抓住任何人,也可以转眼就把扶持过他的人踩在脚下,他是不会真正爱上任何人的!"

坎蒂丝走到窗前,回首:"就像你一样吗?"

诺拉愣住了,一时哑然。

"来这个家不久后,我就开始想,你每天都那么辛苦,要见那么多的人,有那么多事情需要你去打理,都没有时间陪我玩。我想这是因为我太小了,还不能为你分担。所以我收敛自己的性情,按照你的要求学习舞蹈、外文、绘画……我想变成你心中理想的那种女孩。"

她站在那里,长发披散在肩头,有微微卷曲的自然弧度。

"我想,这样我们就可以一起努力,快点把事情做完,到时候我们就回到乡下祖宅去,过自由自在的日子,再也不回来了。可是等我真的长大了,我才明白,你的事情是做不完的,你乐在其中,为了权势你可以不择手段,舍弃所有人。你是不会累的,从始至终,会累的就只有我一个人。"

"不过你和林顿还是有区别的。"坎蒂丝望着天花板，"他太粗劣了，不配让我这样伤心。"

"你走吧。"她微笑着，也用眼神遥遥推了诺拉一把，"我也不想要你了。"

07

诺拉不清楚自己是怎么回的房间，等意识回到身体中时，她已经卸去了浓妆，换了睡裙，披散着一头长发，窝在了床上，把整个人都藏进了被子里。

坎蒂丝说错了，她并非不知道累，譬如现在，她就觉得好累，累得连呼吸都变得困难。

恍惚之间，她又变成了那个穿黑色公主裙的小女孩。她要早点睡，这样才能早早醒来，将自己打扮得乖巧可爱。不然二太太就要骂，就会在唐老爷面前不停说她的坏话，而唐老爷要是不喜欢她了，她就又要被送回孤儿院。

她每天都在害怕，最闲的时候，脑子里也在忙忙碌碌，不敢歇下来。

她叫唐老爷"父亲"，但唐老爷却不能给她父亲一般的安全感，因为就连她自己都不是很清楚，唐老爷领她回家的用意到底是什么。直到那一天，唐老爷将她叫到书房里，让她关上门，坐在昏黄的灯光下问她："你知道我为什么要领养你吗？"

她摇头，心中惴惴。

"我有一个女儿，但是她因为她母亲的缘故恨着我，不愿意见我。我很思念这个女儿。"

唐老爷带着无限追怀望着她，"诺拉，答应我，如果有一天我不在了，你要代替我好好照顾她。"

"好的，父亲。"

诺拉的心，在那一天落了地。

清楚了自己在这个家的职责，诺拉的日子好过了很多。其实唐老爷对她非常宠爱，不仅会带着她出席各种社交场合，送她去念最好的学校，让她穿最漂亮的裙子，还会给她买半人高的生日蛋糕，为她大办派对——即使那一天并不是她的生日。

但只是因为父亲说蒂妮喜欢吃蛋糕，她就满面笑容大口大口地吃，吃得嘴角鼻尖都是奶油，这样就能讨父亲的喜欢，换来他的关怀和大笑。

她没有对任何人说过，她其实非常讨厌奶油甜腻的气味。

又过了几年，她凭借从唐老爷那里学来的东西，渐渐可以独当一面，成了唐家的"黑珍珠"。她表面上乖巧恭顺，暗地里却一点点抽空了二太太的势力，让她在家族和董事会失去人心，直到唐老爷病危那一天，她更是先所有人一步筹划着把乡下的大小姐接回来。

没有人比她更清楚唐老爷对大小姐的爱和亏欠，这个女孩一旦到手，必定是她前行路上最有分量的砝码。

而她，也很想见见父亲口中的"蒂妮"。

那是雨季过后一个难得的大晴天，坎蒂丝戴着装饰着蕾丝花边的大帽子，穿着蛋糕一样层层叠叠的白裙子，从漆黑的汽车里跳下来。

看见她的第一眼，诺拉瞬间就明白，唐夫人当年为什么要和唐老爷闹分居了。

这样清澈无邪的女孩，要是养在这种龙潭虎穴里，才是真的毁了。

女孩小跑着来到她面前，抬起自己的大帽子，仰视着她："你是我爸爸的二太太吗？"

十八岁的她摇摇头："不是的小姐，我只是老爷的养女。"

她被逗笑了，去牵坎蒂丝的手，坎蒂丝也就这么任她牵，她的手小而软，虽然刚刚跑过，但还是凉，怎么焐都焐不热。

除了诺拉以外，坎蒂丝在首府谁都不认得，她没有朋友，也没有真正的亲人。唐家是一个巨大的家族，有许许多多的旁支，但那些叔叔伯伯对她来说，尚不如陌生人，因为陌生人至少不会每天都惦记着从她那儿抢走些什么。

十三岁的坎蒂丝穿着新做的裙子，在唐宅巨大的院落里来来回回地走，寂寞得可怜，让诺拉想到了自己刚来时候的情形——白天惶恐迷惑，到了夜里，就会更加不安。那段时间，坎蒂丝时常喊着大房子里闹鬼，接连换过好几次房间，甚至还非得搬过去和她一起睡。

诺拉尽自己的所能照顾着坎蒂丝，一丝不苟地教会她各种社交礼仪和课程知识。

有时候，她知道自己表现得过于严格了，压得小姐喘不过气来。可她没有别的办法，因为一旦松懈下来，小姐对她一撒娇，她就要心软了。

有一天，她替坎蒂丝梳头发的时候，坎蒂丝忽然问她："诺拉，我什么时候能变得像你一样优秀呢？"

她手上一个不注意，扯到了一缕碎发，疼得坎蒂丝哇哇大叫。

"抱歉。"她赶忙安抚，望着镜子里一脸崇拜的小女孩，柔声道，

"小姐，你不必像任何人，你就开开心心地做自己就够了。"

诺拉侧躺在床上，枕头里盛满了回忆，不知过了多久，朦朦胧胧间，她忽然听到门响动了一下，紧接着就感觉有谁来到了她的身边。

她没有开灯，但也没有拉窗帘，所以月光顺着大面的玻璃照进来，依旧能看清那人的眉眼。那人眼角红红的，鼻尖和脸颊也染上了一样的颜色，显然是哭过了，此刻在小心翼翼地讨好："诺拉，你还生我的气吗？我白天都是胡说的，你别生气啦。"

她伸手搭在坎蒂丝的后脑勺上，摸到了满手柔顺的头发。坎蒂丝的发色比她浅一点，因此看起来永远像是个黄毛丫头似的，怎么都长不大。

"你肯和林顿分开了？"

坎蒂丝反问她："你肯让我不嫁到冯家吗？"

两个人都不说话了，明明近在咫尺，却都低垂下睫毛，谁也不看谁，你来我往，呼吸交叠。白天已经吵了一架，谁都不想打破这份平静，于是默契地不再争执。

半晌，坎蒂丝小声地问："昆廷·冯不是个好人，我嫁过去，他要是欺负我怎么办？就像爸爸欺负妈妈那样，把我丢在乡下不管我。"

诺拉道："不会的，他不敢，唐家和董事会都会保护小姐的。"

"你也会吗？诺拉，你也会保护我的对吗？"

"嗯，我会。"

"骗人。"

坎蒂丝闭上眼睛，她知道诺拉又在骗人了，每当她要对自己说假话时，就会用那双黑珍珠一样的眼睛一瞬不瞬地盯着她。

她不敢再看了，她怕着了诺拉的魔。

诺拉睡着以后，坎蒂丝轻手轻脚地回到了自己的房间，锁起门后，拨通了一个电话号码。

电话接通后，她坐在黑暗里面无表情地说："林顿，你说要永远和我在一起，是真的吗？"

"那我要你为我办一件事，你答不答应？"

08

那晚以后，坎蒂丝将自己关在房间里，老老实实地度过了三天。

第三天夜里，在确定所有人睡着以后，她换上早就准备好的衣服，提了一只小皮箱，不声不响地沿着熟悉的路线出了后门。她拿着手电筒穿过了后山那片郁郁葱葱的小树林，在一座宅子的角门找到了等在那里的林顿。

两个人相视了一眼，什么话都没说。

林顿从她手里接过皮箱，开门让她上了车，不多时，一辆不起眼的黑色轿车顺着唐家大宅后方的那条小路悄悄开了出去，于树影支离间，向着更远的城郊驶去。

诺拉站在书房的窗前，端着半杯红酒，像观看一场默片一样将所有的一切尽收眼底。

红酒渐渐停止晃动，恰如她平复的心潮。今晚发生的一切她并不意外，因为早有人把这次私奔计划事无巨细地透露给了她，而那个"叛徒"便是坎蒂丝心心念念的林顿先生。

此时此刻，诺拉望着窗外茫茫的夜色，心绪前所未有的复杂：我的小姐，这就是你为自己精心挑选的意中人吗？

林顿的汽车最终停在一片荒无人烟的河滩上，一座白色的老别墅矗立在天与河的交界处，存在感极强，那便是他们的目的地了。

房子久未住人，坎蒂丝刚一进门就被空气中飘浮的灰尘刺激得连打了两个喷嚏。

在林顿前面走上楼梯，她嘀嘀咕咕地抱怨着："你就找不到更好的房子了吗？天知道这屋子里会不会有老鼠。"

林顿目光空茫地看着她的背影，心想：大小姐，这屋子里有的可不只是老鼠。

"卧房在哪一间？"

"继续走，最里面的那间。"

他眼睁睁看着她扭动把手，摸黑走了进去，顺手按亮了顶灯，而他没有跟上去。

紧接着，屋子里爆发出撕心裂肺的尖厉喊叫，她的嗓音清亮如小女孩，所以声调凄厉得愈发令人心惊。

赶在她转身逃出来之前，他用力关上了房门，在一阵阵拍门声中插入钥匙扭上了锁，然后靠着门蹲下来，颤抖着捂住了自己的耳朵。

09

昆廷·冯叼着一支拇指粗的雪茄，从正对门的窗边走过来，他离得越来越近，那雪茄的刺鼻烟雾就飘到坎蒂丝脸上。

坎蒂丝满脸惊恐，似是不敢相信眼前看到的一切，她整个身子都紧紧贴在门板上，仿佛极力想离这人远一点，却无处可逃。她没有问昆廷·冯为什么在这里，她不是傻子，知道是林顿出卖了自己，可惊慌和恐惧战胜了愤怒，她战栗着，如一片风中之叶。

"Surprise！"昆廷·冯朝她笑，用那种恶心的嘴脸。

她强撑着问："你想干什么？"

昆廷·冯张开双手："这话该我问你，唐大小姐。过几天我们就要订婚了，你和一个年轻男人跑到这儿，是想干什么？我听诺拉说了，你向来不乖，但没想到你会顽皮到这种地步，为了避免你一错再错，我们只能先下手为强。"

在听到"诺拉"两个字的时候，她的瞳孔紧缩了一下，脸色惨白地抬起头，她的语气弱下来："你放我回去吧，我只是一时昏了头，以后不会了……冯先生，你就放我走吧，诺拉还在家里等着我，明早她找不到我，一定不会善罢甘休的。"

昆廷·冯听出了她温言软语之间的威胁，不屑地笑道："找你？你竟还没醒。诺拉她不会找你了，她被你烦透了，不然你以为我是怎么知道这里的？"

坎蒂丝不说话了，她连眼睛都不会眨了，如果不是嘴唇还颤动着，昆廷·冯几乎要怀疑她连呼吸都停了。

忽然，她猛地扑了过去，用乡音骂了句极粗俗的话，伸手便要打昆廷·冯。

昆廷·冯这时哪还顾什么怜香惜玉，一脚便踢在她肚子上，把那羽毛一样轻飘的身体蹬出老远。她吃痛地爬起来，嘴里机械地念叨着："你放我出去！我要回家，你让我见诺拉！或者你让诺拉过来，我要当面问问她……为什么，她为什么……"

有什么灿烂不熄的东西在她眼中湮灭了,她捂着肚子,念叨着:"你们一个两个的,都是白眼狼,都背弃我、出卖我……明明我才是唐家的大小姐,连诺拉也……"

见她哽咽到再说不出话来,昆廷·冯蹲下来,捏住她尖尖的下巴:"放你出去?好让你联络母家的舅舅们插手婚事吗?别以为我不知道你在背后动了什么手脚。"他冷笑,"离订婚宴还有不到两周的时间,这几天你就安心住在这里,时间一到,会有人来接你去冯家,你就乖乖等着做冯太太吧!"

他直起身,抄着兜往外走,坎蒂丝伸手扯他的裤脚,他就毫不留情地踩住她细瘦的手腕,房间里回荡着女孩的痛叫。

林顿在外面开了门,他快步走出去,又迅速把房门反锁,收回了钥匙。

"这两个礼拜你就在这儿看着她,好处少不了你的。"他拎着钥匙对林顿道。

林顿答应了声,目送他走下了楼梯,最里面的那间房里传来女孩呜咽的哭声。

小小的白天鹅还是钻进了自己编织的囚笼里。他垂手靠在墙上,回想着当日黑珍珠和白天鹅携手出现在众人面前的惊艳场景,在深夜不寒而栗。

10

距离订婚仪式只剩下三天。

坎蒂丝面如死灰地坐在床上,认命了似的,一句话也不说。这期间不断有人从外面赶来,熟练地替她量手指尺寸,量腰围胸围,像摆弄布娃娃似的摆布着这个可怜人。她脸颊上还留着一块淤青，是上次昆廷·冯来看她，她朝昆廷·冯吐口水，被他打的。

从始至终，诺拉都没有露过面。

林顿在这里守着她，神色憔悴，现在他深谙一个真理，那就是最好不要打电话给昆廷·冯，这样坎蒂丝的日子还能好过一点。

可今夜，他却不得不再次拿起电话拨通了那个号码。因为坎蒂丝拿角落里的碎瓷片割伤了自己。

昆廷·冯赶过来的时候，她身上大大小小几处伤口已经被包扎好了，可满地的血迹还没有清理，看着十分骇人，简直像是恐怖片现场。订婚仪式前夕发生这样的事，是所有人都没想到的，如果当天社会各界人士看见坎蒂丝身上的伤口，不知又要做何猜想。

他愤怒得两眼发红，找了把椅子，亲自拿过麻绳，一圈一圈地将坎蒂丝绑起来，绑完还撸起袖子，看样子又要动手。林顿从身后抱住他，可昆廷·冯力气太大，眼看着就要挣开，嘴里还在叫骂着，要狠狠教训坎蒂丝一顿。

就在两人撕扯之际，门外忽然传来了两声枪响，是打坏门锁的声音。紧接着就有一大群人蜂拥着从门后涌入，熟练地将昆廷·冯撂倒在地，死死压住。为首的人亮出一张拘捕令，对昆廷·冯道："我现在以绑架、拘禁和故意伤害的罪名逮捕你！"

紧接着，昆廷·冯便在那人身后看见了诺拉的身影。

诺拉看都没看他一眼，径直走过他身边，将她饱受折磨的小姐拥在怀里，心疼地轻抚着她蓬乱的头发，指尖滑过她脸颊的伤处，暗暗咬紧了牙根。坎蒂丝有点被吓傻了，又或是搞不清现在的状况，伏在她肩头只是呜咽，雪白的双手攥紧了诺拉的袖口，整个人不

住地颤抖。

"小姐，没事了，都过去了。"

诺拉抬起头，怨毒地望向昆廷·冯，出口的话更是冷硬如冰。

"冯先生，你绑架了我们唐家的继承人，看来我们是没法缔结友好的姻亲关系了。"

说话间，她拿出几张不知什么时候拍摄的照片，朝他晃了晃，都是坎蒂丝被他关在这里后拍下的。紧接着她又用录音笔播放了一段录音，里面是他对坎蒂丝的恐吓和威胁。

"什么时候……"昆廷·冯额上的汗滴在了地板上，他看向林顿，林顿站在墙角处，不敢与他对视。

诺拉漠然地望着他，一字一句有如宣判："至于要不要起诉你，要怎样量刑我们才肯罢休，社会各界会如何抨击冯家，这些问题你会在监狱得到答案的。"

她虽强撑着冷静，心中却是百味杂陈。明明是她编排了这场骗局，她也自信可以骗过所有人的眼睛，可却无法遏制自己满心的担忧和愧疚。她比谁都清楚，在这场戏落幕前，自己要时刻保持冷静，可随着一分一秒静静流逝，她真怕自己会就此疯掉。

即使早就安排了林顿这个眼线，即使做好了时刻冲进来救人的准备，可看着照片中坎蒂丝身上明显的伤痕，听着那些刺耳的录音，她仍然心如刀绞，夜夜难眠。

可以说这半个月，她过得不比坎蒂丝容易，但她别无选择。

她阻止不了董事会，也动摇不了冯家，可她更不能眼睁睁地看着坎蒂丝嫁到冯家去，为了拿住冯家的把柄，她只能出此下策。

"诺拉！你居然设圈套害我！你……"昆廷·冯犹在叫嚣，大喊着，"她是同谋，她也是我的同谋，这一切都是她设计的，你们相信我啊！"

没有人信他，他被戴上手铐，押着出了房间。

昆廷·冯此刻的头脑十分混乱，为什么自己从来都没怀疑过她，甚至连证据都没留？是什么让他深信诺拉绝不会反水？是因为诺拉演得太好吗？还是自己太信任这个女人？

不，是利益！

他猛然醒悟，努力地回身狂吼："不！不对！诺拉！如果两家联姻成功，你得到的只会更多！股票、地产，要多少有多少！你不可能这么傻！"

诺拉俯身将哭晕过去的坎蒂丝轻轻抱起，带着那种他所熟悉的微笑望向他："您在说什么呢？我唯一的所求，就是小姐的平安和幸福。"

11

三日后，唐家大宅。

阳台的蔷薇花开得正好，天空湛蓝，坎蒂丝脸色好了许多，虽然嘴唇仍有几分苍白，但面容安然，正舒舒服服地靠在沙发上晒太阳。

这段时间她瘦了很多，原本宽松的睡裙显得更空荡了，天气有些凉了，她穿上了羊毛袜子。

诺拉敲门走进来，手中端着一壶新沏好的茶，多加了点糖，正合唐大小姐的口味。

"冯家有这个把柄在我们手里，他们想捞出继承人，现在对我们避之犹恐不及。他们家提出庭外和解，我不答应，他们又提

出希望我们能稍稍放他们一马,保证以后生意上再不与唐家作对。"她走到阳台,将茶具在桌上一一放好,淡淡说道,"小姐的烦恼解除了。"

坎蒂丝捧起茶杯,小小地喝了一口,手腕上的瘀痕还未完全消退,升起的热气模糊了她的脸庞:"不要以为我什么都不知道,你利用了我。"

"抱歉,小姐。"诺拉在旁边的折椅上坐下来,拉住她微凉的手,"你知道,我这么做完全是为了你的幸福。"

坎蒂丝若有所思地望了她一会儿,忽然把手抽走,叹了口气道:"算了,我早不生你的气了。经过这么一遭,我也再不想和人结婚了,以后我的生活就由你来安排吧。"

诺拉露出了一个浅浅的、自然的微笑。她今天穿了一件旗袍,显得身材格外窈窕,她摘下胸前装饰的那枚黑珍珠胸针,把它郑重地放进坎蒂丝手中,轻声道:"我的荣幸。"

首府郊外,在一座长满爬山虎的洋楼前,看门的老人眯起双眼,看了看停在门前的那辆汽车,而后在裤子上搓了搓手,拿了串钥匙跑出去迎接。

坎蒂丝掀起帽檐下遮面的半截白纱,给老人使了个眼神,老人带着她轻车熟路地进了小门,来到了洋楼的侧面,打开了一扇刷着油漆的暗窗。

马上有一只苍白的手从暗窗里探出来,拼命地抓着什么,半晌才收回去,取而代之的是暗窗后一双结满血丝的眼睛。

"林顿先生。"坎蒂丝微微弯下腰看着里面的人。此处是唐家的一座老房子,里面住着唐老爷需要疗养的二太太,而就在不久前的一天晚上，一位衣冠楚楚的青年也搬了进来。

"唐小姐！唐小姐您终于来了，我就知道您不会毁约的！我在这儿一天也待不下去了，那个二太太，她就是一个疯子！救救我，救我出去！"

坎蒂丝就这么漠然地望着他，眼神中带着几分嫌恶。

林顿喊叫完一番后，又开始害怕她。他永远都不会忘记，那天坎蒂丝给他打了一个电话，让他为自己办一件事——她让他去见诺拉，告诉诺拉她要私奔，那些话都是她教给他的，她说她只是想看看，诺拉会是怎样的表情。

这并不是一件大事，坎蒂丝还应允之后会给他一大笔钱，他轻易地便答应了。

可他没有想到，这竟是噩梦的开端。

诺拉向他说了与昆廷·冯合作、将坎蒂丝引到老别墅里的计划，并承诺给他更丰厚的酬劳。他应承下来，回去后却不敢隐瞒，当即将这件事告诉了坎蒂丝。

"唐小姐，你看，还是算了吧。"

可坎蒂丝却不打算放弃，她让林顿将计就计，仍旧带自己去那座老别墅，她笃定诺拉无论如何都不会和昆廷·冯合谋，她一定另有安排。

可这时候，他却不敢继续下去了，这事的风险太大，稍不留神就会身败名裂。

他想抽身而退，坎蒂丝却拿出了他学术造假的证据，在手中把玩着，笑吟吟地说陪她玩完这场游戏，才能还给他。

直到这一刻，林顿才猛然明白过来，她是在玩一场豪赌，赌诺拉不会舍弃她。并且她丝毫不顾如果赌输了会怎么样，她才是

真正的疯子！

原本在他的认知里，心机深沉的女人应当像诺拉那样，眼角眉梢都是城府。可遇见坎蒂丝以后，林顿才第一次知道，原来女孩天真到了极致，也会催生出一种让人毛骨悚然的疯狂。

而结果是，她赌赢了。

一纸婚约算什么？她要的是诺拉一辈子的愧疚。

坎蒂丝从小包里拿出一张支票，顺着暗窗递给林顿，让他拿着这笔钱远走高飞，再也不要回来，并且她的事情，不能向任何一个人透露。

"尤其是，不能让诺拉知道。"

她诡秘地朝他笑了笑，又轻轻地摆了摆手，说了声"再见"。

林顿透过那小小的四方画面，看着她放下了帽檐上的白纱，提着裙摆，以一个手无缚鸡之力的大小姐的姿态坐回了车里，慢慢远去了。而墙外的野草依旧疯长着，恰似他无法回头的人生。

End

陈怀婼，我当时正好想到了你。

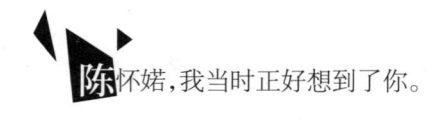

FANYICI

怀心

Fanyici

怀心

文 / 七分不加冰

喜欢写温暖的故事，幻想做一片云。

01

"嘀嘀嘀——"

宁心皱了下眉，被一阵急促的闹钟铃声吵醒，刺眼的光线试探着薄薄的眼皮，她伸出手臂挡住了光，露出浅浅一条视线缝隙关掉了闹钟。

脑袋里首先涌出的念头是她已经失去了工作，却忘了关掉每天的晨功闹钟，但这种懊恼没有停留多久，很快就被宿醉后的头痛欲裂冲淡。

她反应了两秒，下意识开始回忆昨晚的事，在酒吧里摆脱了一个男人的搭讪，后来呢……记忆就像断掉的线一样，怎么都串联不起来。

宁心捂着头翻了个身，此时耳边传来一阵拖鞋的脚步声，她

猛地睁开眼，惊慌地打量着这间陌生的卧室。

视线范围的床头柜上放着一只贵价的女士腕表，不安的念头还没有开始发酵，一双秀气的手拿起腕表，慢条斯理地把它戴在了左手手腕上。

宁心费力地从床上爬起来，花了三分钟。陈怀婼站在床边，已经穿好了职业西服，发型清爽利索。她身上淡淡的海洋香飘过来，使宁心彻底清醒。

"你醒了。"这语气很冷淡，陈怀婼看了她一眼，将腕表调整到合适的位置。她似乎要出门，打算在几分钟内结束这场疑问对答。

"你……这里是？"宁心有些摸不着头脑，但打消了心里的恐怖想法，显然面前是一位陌生女性已经是她醉酒断片后最好的结果。

"这是我家。"陈怀婼看了一眼时间，她向来习惯长话短说，在几句话之内解决事情。宁心睡得眼线都晕开了，令她想起昨晚那场乌龙。

陈怀婼是不会主动去酒吧这种娱乐场所的，她的日常生活几乎两点一线，单调但足够有规划。

最近公司在筹备新一季度的高定系列，一改往常的优雅随性，几位设计师讨论过后给出的方案是颠覆性地创新——顺应近两年来格外流行的复古风潮。

经过一周的大片试拍，改变风格的难点逐渐显露出来，公司签约的模特都是适合过往成衣的风格，哪怕改变了妆造，也很难在气质上实现突破。

短时间内找到合适的模特不是一件容易的事，公司外聘的摄影大师艾迪的要求很高,几次拍摄不顺后提出了罢拍。

实在是没办法了,陈怀婼特意在下班后去了一趟酒吧,与艾迪沟通,但摄影师的态度也十分坚决——找到一位合适的模特,他的相机只为艺术停留。

陈怀婼喝了一点酒,不能开车,于是叫了代驾,等待代驾把车开过来的时候,她恰好看到宁心踩着高跟鞋从酒吧里出来。宁心是一打眼望过去的辣妹类型,身材很好,样貌上佳,她走得很快,脸上还有些怒气,虽然走出的路线是歪的,高跟鞋互相碰撞着,步伐却很稳。

陈怀婼没有意识到自己盯着她看了很久,她们公司里有太多的T台模特,但喝醉了酒还走得这么稳的,宁心是第一个。

那段时间可能很漫长,又或许根本并不长。

陈怀婼打量着她,高跟鞋、小吊带裙、大波浪长发、几何形状的耳环、很张扬的花果香,新一季的成衣在陈怀婼脑海里隔着一米远的距离在宁心身上具象化。陈怀婼觉得她就是自己要找的模特,没有人比她更加合适。

这时候陈怀婼的车到了,她抬腿追上宁心,想在离开前把名片递给她,谁知道她停在自己车面前,拉开后门就坐了进去。陈怀婼愣了一下,钻进副驾。看到后座的宁心已经睡着了,代驾以为她们是同伴,她无法,只得让代驾开车。

宁心霸占了陈怀婼的床一晚,此时听完她简短的解释,拿过手机一看,满屏都是网约车司机的未接电话,打车软件里的个人信用也被扣了分。宁心表情尴尬:"我昨天打了车,看到你的车停在路边,还以为是我叫的。"她想,还是要先道谢,于是很真

诚地吐了口气,"谢谢你啊,还好遇到的是你。"

陈怀婼对她的感激很受用,毕竟自己还要有求于她。

"你是模特吗?"她直接抛出问题。

"啊?"宁心愣了愣,"我不是,我在舞团工作。"

陈怀婼心想:怪不得,学舞蹈的人平衡能力确实是在专业模特之上。她还没抛出自己的邀请,就看到宁心垂下了头,脸上莫名有些烦恼。

"不过我昨天离职了。"她笑了笑,把手机上一长串的闹钟删掉,像是在自我安慰,"以后也不用早起练晨功了。"

陈怀婼没有问她为什么辞职,按她一贯的处事作风,应该为这意料之外的巧合而感到开心。但也许是宁心的表情太脆弱了,她还是安慰了一句"可惜",随后抛出自己的邀约:"你想不想做模特?是这样的,我们品牌最近在为新一季的成衣寻找大片模特。"她递过去一张名片,宁心看到品牌名惊呼了一声:"哇!居然是'悦己',逛街时经常看到你们的线下品牌店。"

陈怀婼回以微笑。

宁心很快忐忑地道:"可是我没有这方面的经验,我不确定自己是否能胜任这份工作。"

"你适合。"宁心看到陈怀婼点了下头,表情很郑重,又听她打感情牌,"其实我们找合适的模特已经很久了,快要赶不上新品发售的时间了。虽然这么说很冒昧,但第一眼看到你,我就能想象出你演绎那些成衣的感觉,那正是我们想要的。"

手心里的名片有些发烫,名片上陈怀婼的头衔是设计总监,上面的花体字闪着金边。这份邀约使宁心久违地感到被认可,她是打心底里感激陈怀婼把自己带回家的善举,想要回报的心情也涌上来。

她想了想，很认真地答复："我可以试一试的，就当是帮你的忙了。"

02

接到陈怀婼的电话时，刚刚宿醉醒来的艾迪还有种恍若隔世的感觉。他并不相信陈怀婼在一夜之间就找到了合适的模特，但出于礼貌，他还是背着摄像器材去了公司。

宁心刚刚化好妆，陈怀婼在给她挑衣服，这一季度主打的高定是一套夜光礼服，配上宁心眼尾的夸张闪片，在布满彩条灯的摄影棚里完美地被呈现出来。

宁心换好衣服出来的时候，旁边的灯光师发出一声赞叹，调试出蓝紫色的光源打在她身上。宁心本来对这里的一切都感到陌生，直到高热度的光源照在身上，暖融融又刺眼的感觉令她想起过去十几年在舞台上燃烧自己的每一支舞。

艾迪赶到时也被惊艳了一下，说实话在推开摄影棚的门之前，他还对陈怀婼的口头承诺表示怀疑。他组装着镜头，悄悄冲对方比了个大拇指，早听说过没有这位女强人解决不了的问题，共事一年多，此刻他才真正见识到这条评价的含金量。

然而现实并不像想象中的一帆风顺。

宁心对镜头很是陌生，艾迪花了不短的时间去引导她，可只要镜头出现，在那块小而圆的世界里，她就会收敛起个性，变得拘谨起来。拍了二十多分钟，艾迪都不太满意，艺术家的性子又上来了，他从口袋里摸出根烟，叫停了拍摄。

宁心察觉到他的不悦，在陈怀婼走过来时感到抱歉："对不起，我找不到感觉。"

"没事。"陈怀婼替她整理了鬓角，"专业的模特在从业初期就会学习如何与镜头沟通并产生连接，你只是初学者。"

"我是不是在耽误时间啊。"宁心咬了咬嘴唇，嘴角银色的颜料被她抿开一些，她有些懊恼地问，"你不是说快要来不及了吗？"

陈怀婼不打算给她过大的压力，转了话锋突然问道："你在舞团是跳什么舞的？"

"现代舞。"宁心眨了眨眼睛，脑海中的记忆浮现。大脑在陌生的环境里主动寻求安全感，开始找寻相同事物。她发现这里空间很大，像长而宽的舞台，灯光也很暖，总有一束光时刻追着她。

宁心在放松的心情里听到陈怀婼轻声问："可以跳舞吗？"她几乎没有给宁心回答的时间，转而吩咐助手去放音乐，离开时递来一个安慰和信任的眼神，把舞台留给了她。

宁心获得了一点安全感，她蹬掉了碍事的高跟鞋，伸长手臂拉了两下筋，在逐渐加重的鼓点中起舞，抬腿送胯，礼服反射着菱形的光斑，在蓝紫调的摄影棚里闪烁。

艾迪的烟燃到一半，他来不及掸去烟灰，咬着余下的半根，本能一般举起相机追踪。

在他的镜头里，宁心放肆、张扬，微蹙着眉表达着自己。一切都与他们设想中的大片方案背道而驰，却与这一季的成衣风格无比契合，展现出了年轻人对生活不屈的态度。硬挺的礼服像是宁心体内生长出的铠甲一般包裹着她，也为她抵抗她所不愿屈从的一切。

艾迪爱不释手地翻了翻相册："这些都够杂志内页了，你也终于能交工了。"

陈怀婼靠在桌边看着电脑里的成片，脸色与之前相比也看不出多少区别，好像她总能处理好一切，只是时间早晚的问题。

艾迪递烟给她，她下意识去接。宁心换好衣服从门口探出半个头找她，陈怀婼停顿了一下，松开指尖，任由那根烟自由落体，跌回盒子里。

"你怎么想，打算签她吗？"艾迪突然出声。

陈怀婼知道他的意思，按照一个专业模特的标准来说，宁心还远远不够格。这次只是拍摄主题恰巧与她适配，如果她决定从事这个行业，未来还会有很多挑战。但陈怀婼就是突然想起宁心失落的表情，她从舞团离职后借酒消愁，像一位迷茫又恐惧的旅客，面对着人生未知的旅途。

"嗯。"陈怀婼直起身子，"我带她。"

艾迪难以置信地瞪大了眼睛，从来不带模特、高高在上的陈女士居然要主动做一个新人的经纪人。艾迪吐了口烟，看着她走过去，手臂被一旁那位辣妹揽住，一同消失在视线外。

03

事实证明艾迪的担心是多余的，宁心悟性很高，身为前舞蹈演员也并不怯于表现自己。其实那晚喝醉前她就已经想好了，自己未来要走一条与舞团无关的道路。因此能够把握住一个机会，她就愿意为之付出百分百的努力，一如她过去十几年来每天早晨不知疲倦地爬起来练晨功。

宁心把这份工作消化得很好，与此同时，她的生活也在发生着一些改变。比如因为拍摄的任务大多安排在下午或晚上，她不用再早起练功，也学会了睡懒觉；再比如她从舞团公寓里搬了出来，被陈怀婼收留，住进了她家的客房里。

她渐渐开始习惯与陈怀婼同住的日子，尽管宁心在舞团时存了一笔钱，模特的工作也令她衣食无忧，但她没有动过搬走的念头。也许是住惯了集体宿舍，她不喜欢一个人独处，偶尔陈怀婼和她一起在家下厨，都是很愉快又宝贵的记忆。

她想，只要陈怀婼不赶她走，她就在这里赖着好了。

陈怀婼手里的资源很多，宁心没有缺过拍摄的工作，偶尔她还会抱怨疲惫。陈怀婼向来是位魔鬼上司，不过对于宁心，她却是很真诚地在为对方的模特生涯铺路。

一起住得久了，宁心发现陈怀婼偶尔会抽烟，通常在客厅的小阳台上，抽的并不是优雅的女士细烟，反而是她以前常见的普通男士香烟。烟味比女士细烟更加浓郁，白雾更浓。

她们的关系维持在一个很中规中矩的距离，似乎需要一个时间节点来打破些什么，令她们疏远，或是更加亲密。

那是一个月光很淡的夜晚，宁心在拍摄回来的路上路过大剧院，剧院门口的梧桐树叶子由绿变黄，与她离开的那天隔着一整个季节。门口的牌子上写着近期上演的舞剧，女主演的名字熟悉又陌生，好像书翻过了一页，崭新的一页。

她缩在座位里，同行的小助理以为她冷，关上了她那边的车窗。

窗玻璃之外，已经是另一个过去的世界。

宁心从那刻起心情开始变差，她推开门，家里没有开灯，转过客厅，意外地看到陈怀婼倚在小阳台上抽烟，姿态很慵懒。

原来她们都不约而同地情绪低落。

宁心把外套挂在阳台门边的衣帽架上，踩着拖鞋向阳台走去，陈怀婼没有回头。

"说了多少遍了，抽烟对身体不好。"宁心轻声叮嘱，坐进她对面的椅子里。

她们都穿着自家品牌的衣服，看上去很是默契。

陈怀婼面前的烟灰缸里已经积了几根，她把火星碾灭了："抱歉。"宁心不喜欢闻烟味。

宁心说："没关系。"

宁心不开口，陈怀婼也不会说，就像她不会问宁心，为什么要从舞团离开，明明你跳舞很好看。

以前的她们不够熟悉，这些话题有些冒犯，但现在她们足够亲近，两人之间就好像开了一条缝隙。这个隐秘的夜晚适合倾诉。

陈怀婼突然很想听宁心说些什么，但还没开口，就被宁心抢先："你心情不好吗？"

陈怀婼低头看着烟灰缸里的余烬，她这些坏习惯都是在往上爬的过程中学会的，是那些世故和圆滑的象征。但宁心是与她完全相反的人，她很清楚，所以才会想要在一开始就保护这个女孩吧，就像保护曾经那个天真纯白的自己。

陈怀婼讲了很多，从职场中的摸爬滚打到"悦己"的创立，以及哪怕品牌已经拥有现在的成绩，对于品牌名这个关于自我的议题，作为主理人的她却依旧很困惑。

她又习惯性地想去摸烟，默默聆听的宁心突然说："你想知道我为什么从舞团辞职吗？"

陈怀婼愣了一下，好奇心开始发酵。

宁心蜷成一团，缩进椅子里："其实也没什么，也许是我太任性了，不愿意去做很多事，也不愿意用……去换取一些东西。"

她想到可能正在演出的女主角，不知道她是用什么筹码换取了在舞台上发光的权力。那个位置曾经也是属于宁心的，只是她没办法向现实妥协。她失去了主演之位，因为她清高，不够懂那些人情世故。

这是件很讽刺的事，但宁心经常会想如果重来一次，她还会不会有勇气大闹一场，提着自己的小行李箱从舞团里出走。

"所以我很佩服你这样的人，在规则中游刃有余，却没有被规则所影响。"

陈怀婼摇了摇头，露出一抹安慰的笑。

"真的。"宁心说，"我是从一开始就拒绝了那些，而你从那些诱惑中走出来，却没有被任何诱惑同化。"

"你比我更加勇敢。"她下了结论，眼神里闪烁着微光，笑得很纯粹。

陈怀婼没有客套地也去称赞宁心，她消化着宁心这番话，直到宁心起身时，拿走了她扔在桌边的烟盒和打火机。

"以后我监督你，陈女士，这些坏习惯还是要改掉。"

陈怀婼轻笑了一声，没阻拦她，还开玩笑说道："你再帮我多赚点钱，我就不抽了。"

"还不够多啊？"宁心瞪大眼睛，跑到陈怀婼身边打闹。

海洋香与花果香，两种香味碰撞着，袖口两枚相同的衣服标签重叠在一起，在笑声中摇曳。

04

宁心越来越有名，因独特的风格和爽朗的个性，她在社交媒体上也积攒了一大批粉丝。身为她的经纪人，陈怀婼也越来越忙。

无数的品牌邀约纷至沓来，好几家公司也私下抛来橄榄枝，宁心对此都视若无睹，或是将它们直接交给陈怀婼去处理——那个夜晚过后，她们之间亲密无间，再没有秘密。

但生活像是海洋，平静之后总会再起波澜。

不久，舞团的人联系了宁心，送上舞剧终场演出的VIP门票，客气地邀请她前去观看，言外之意是希望借她的社交账号宣传。

那毕竟是她待了十多年的地方，看似一文不值的落幕之前，是一段浓墨重彩的青春。

陈怀婼没有干涉，帮宁心在社交账号转发宣传。舞团官微几乎瞬间赶来套近乎，称呼宁心为"师姐"，隐去那些晦暗的过往，话里话外颇为亲密的样子。

秋天快要结束，宁心签了一个季度的合同到期了，还没来得及去公司续约。

似乎所有选择都堆在了同一天，分岔路的两端。

舞剧演出的这天还有一场重要拍摄，陈怀婼开车送她到剧院门外时，是一点五十分。舞剧两点一刻开始，宁心把额头贴在车窗上，看着来来往往的观众，那些人的目光也曾在她的动作间流转。

陈怀婼问不出"你还想回去跳舞吗"这种话，行李箱里的旧舞鞋一直没有被扔掉，她从来都知道这个问题的答案。

在这十分钟里，她们依旧默契地没有说话。

"咔嗒"一声，宁心打开副驾驶的门，却被陈怀婼叫住了："宁心。"

宁心扭过头，看到她的表情如平时交代工作时一样严肃："拍摄五点半开始。"

"嗯，知道啦。"宁心呆呆地应了下，推开门走了下去。

陈怀姥看着她的背影，一阵风吹来，她想：也许这个人不会再回来，她适合梦想，适合在舞台上挥洒自己，而不是被现实磋磨，走在与梦想背道而驰的路上。

但是……在最后一刻，陈怀姥放弃做一个理性的人。

"你迟到的话，我会忍不住抽烟。"

宁心站在那里停顿了足足两秒，她把被风吹乱的长发挽到耳后，后视镜将午后的光线反射，陈怀姥看不清她的表情，但能看到她在笑。

"嗯。"宁心又重复了一遍，"知道啦。"

将近两个小时的演出，演员们用肢体语言讲述了一对恋人从青葱岁月到垂暮之年的风雨。宁心曾经是舞台上追光灯下的焦点，如今却坐在黑暗的观众席里，作为这个故事的观看者。她看得很认真，单纯地欣赏，并在演员谢幕时毫不吝啬地送上掌声。舞台上昔日的同伴发现后，不知是否有意为之，将她请上了台。他们一同谢幕，面对着鲜花与掌声，和过去十几年没有什么不同。

观众席里不少人认识宁心，一些是过去的舞迷，还有一些是她作为模特的粉丝。散场时一群人围着要与她合照，一位舞迷抹着眼泪，问她还会不会回来跳舞，另一位粉丝接话说做模特也很好，前途更加光明。

一边是舞台，一边是秀场；一边是被扑灭过的梦想，一边是燃起新火的未来。

但是……

宁心还来不及想清楚，舞团的首席又来请她一同庆功。

时钟走到五点，工作室里已经准备就绪，甲方的团队会在五点半赶到，公司很需要这份杂志的宣传，这场拍摄和后续的宣传效果将决定公司接下来一个季度的业绩走向。

陈怀婼站在化妆间，一旁是备好的拍摄样衣，一旁是宁心的续约合同。化妆师等得无聊，去露台抽了根烟，陈怀婼盯着那盒打开的烟，嘴唇隐隐发麻。

一个季度的舞剧圆满落幕，主演要晋升副席是传统，庆功宴开始前，首席在包厢门外拉住宁心。

"只要你回来，副席的位置由你来坐。"首席朝包厢内示意了下，"她通过什么手段把你挤下去的大家都清楚，你也可以来抢她的位置。"

这是一个很诱人的条件，但宁心想：为何总是要靠争夺，靠利益置换才能往上爬，才能实现梦想？

她摇了摇头，自己做不来这样的买卖。

首席气急："你的条件、功底都是舞团里拔尖的，就算你离开了，舞团也从未把你除名。你属于舞台，不属于秀场。再说了，你在那里不也是靠外形得来的名声，那儿可比我们圈子乱得多。"

"你错了。"宁心把手抽出来，"我做舞蹈演员是通过肢体展现自己，做模特也是，甚至在平面镜头里，表达情绪要比跳舞难得多。"

她反问："你不也是看我做模特出名了，才愿意请我回来？

我只是接受邀请回来看了这场本该由我出演的演出，之后还有工作，该离开了。"

"那你以后不想跳舞了吗？这里可是你的梦想！"

宁心淡淡地说："只要我想，我可以在任何地方跳舞，你也认可我有这个资本，不是吗？"

首席知道劝不动了，看着她的眼神变得陌生："宁心，你变冷静了。"

05

陈怀婼终于忍不住要抽烟时，宁心掐着点出现在工作室门口。

换衣服、做造型、化妆，流程像一阵风一般围着她顺了下来，宁心的目光却一直盯着陈怀婼手里的烟，直到坐定了宁心才拿走了那根烟和烟盒，扔进了柜子里。

甲方的团队还有五分钟到，艾迪懒散地挎着摄影包来化妆间串门，看到宁心嘴上艳俗的唇色毫不掩饰地嘲讽。

化妆师之前没有和宁心合作过，不熟悉她唇色偏浅，闻言看了看整体造型，也开始冒汗。

时间所剩无几，众人焦灼的时候，陈怀婼突然出声："交给我吧，你们先去前台接甲方。"

等化妆间的门关上，陈怀婼递过去一张卸妆巾："快擦擦吧，画得老了十岁。"

宁心刚才一直没有看镜子，此时望了一眼，顿时感到一阵恶寒。她对着镜子把玫红色的唇膏擦掉："现在怎么办？"

忽地，那只戴着女士腕表的手抬起了她的下巴，宁心抬头，对上陈怀婼的眼神。对方不知何时从包里掏出了自己的口红,将膏体转出来,盯着宁心的唇,很细致地描摹起来。

"还算巧,我带了你常用的色号。"陈怀婼轻声说。

这过程不知持续了多久,等指尖松开,宁心感觉自己的脖颈都僵硬了,她缓慢地转动眼珠望向镜子,砖红色的口红为样衣增添了一丝高贵的气息,整体在色彩上很是协调。

后来的拍摄时间过得特别快,宁心表现极佳,她一改往日古灵精怪的风格,气质冷艳,令在场众人频频发出赞叹。

陈怀婼陪她到拍摄结束,收拾完东西过来时,化妆桌上那份续约合同已经签好了。

"想好了吗?"她问。

宁心坚定地点头,过往的执念已经放下,她在崭新的未来里选择了新生的梦想。而此时此刻,她望着陈怀婼,充满信心。

人生海海,只要足够坚定,波澜也会平息。

宁心伸了个懒腰:"我们散步回去吧!顺便去趟超市,晚上我做饭。"

工作室外是一条种满梧桐树的长街,脚下踩着深秋的落叶,嘎吱嘎吱。天色将暗,路灯一盏盏亮起,宁心哼着歌,在路灯下起舞、旋转,每两个八拍穿过一束光,那光芒仿佛永远不会消失,而她的美丽也将永存。

陈怀婼很少有这么轻松的时刻,她吐了口气,在空气中凝结成烟一般的白雾。宁心在那个夏夜,在吵吵嚷嚷的酒吧门口,突兀地闯进她的人生里。

宁心跳远了,舞姿如同她本人一般自由,她们之间隔着三盏

路灯，陈怀婼看到宁心向她招手。

"陈怀婼，'悦己'会越来越好的，我们也会越来越好的。

"所以，笑一个吧。"

陈怀婼笑了："我知道。"

尽管前方还会有更多未知的波澜，更多不尽如人意的问题，但陈怀婼从来不畏惧解决困难。有所改变的是，过去的十几年里她只相信自己是个纯粹的利己主义者，一开始的出手相助也是抱着有利可图的心态，而经历了短短一个夏天后，现在的她同样相信宁心。

陈怀婼忽然问："拍摄的时候你在想什么？"

宁心调皮地说："你猜。"

陈怀婼摇了摇头，她早就不善于应对这种孩童的把戏，但意外地觉得宁心很可爱。

宁心站在最后一盏路灯下，做了个舞蹈结束的致谢动作。

陈怀婼看到她弯起的眼睛，冬天要来了，但这个冬天似乎并不会寒冷，因为宁心说——

"陈怀婼，我当时正好想到了你。"

End

我来这里的'个人原因',一直是你。

FANYICI

请停止内卷

fanyici

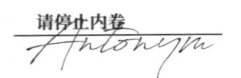

请停止内卷

文 / 海哪吒

挚爱甜饼。喜欢太阳、麻将和月亮。

01

"唐小姐,您的货已经送到了,老地方。"

电话里传来男人嘶哑的声音,唐霖没有回应,视线余光扫了眼外面副主管孟伊的工位,确定那人不在座位上,才低声回复:"嗯,我马上去拿。"

如同谍战剧里的特务接头,唐霖戴上墨镜、口罩、棒球帽,全副武装地去约定的地点取回东西,一路上无人察觉,都很顺利。正值午饭时间,办公室空无一人,唐霖猫着腰张望片刻,确定目标人物不在后,拎着袋子迅速隐入自己的隔间,长长地舒了口气,太好了,没有被发现——

电光石火间,即将关上门的门缝外窜出一个人,冲她柔柔一笑:"唐主管,中午好。"

唐霖眼前一黑，这个人怎么阴魂不散！

"今天没有等我一起吃饭啊。"来人故作惊讶地看着她手里的袋子，轻启红唇，露齿一笑，"吃的什么呢？"

……

笔挺的西装、精致的妆容和悦耳如天使的温柔嗓音。

但这嗓音听在唐霖的耳朵里，仿若来自恶魔的低语。

唐霖心里一凉，把手中的塑料袋往身后欲盖弥彰地藏了藏，仰头赔笑，答非所问："啊哈哈哈，我看你开会一直没回来，就先点了外卖。"然后她迅速转移话题，"小孟，你还没吃饭吧？快去食堂吧，晚了该没饭了啊，没啥事的话我就先关门了……"

孟伊不接话，硬是挤进门闻了闻，危险地眯起眼："螺蛳粉？"

"螺蛳粉不算垃圾食品，"唐霖后退半步，小声辩驳，"而且我只要了一两粉，没要酸笋。"

"螺蛳粉汤头的热量不比粉少多少。"

"我不喝汤，就过过嘴瘾嘛。"

"你大前天点麻辣烫的时候也是这么说的，"副主管同志笑了笑，语带凉意，"你点了快七十块钱的麻辣烫，事后我去检查外卖盒，汤都被你喝干净了。"

……

是有多变态才会去翻别人丢掉的快餐盒啊？！

女人上前两步，清冽的香水味传来，唐霖的视野里出现了一双跟高至少有五厘米的高跟鞋和一只白皙修长、没留指甲也没做美甲的手。

"把小票给我。"用的是不容置疑的命令口吻。

"好吧……为了凑单点多了，你轻点骂啊。"

唐霖不情不愿地扯掉外卖袋上的小票递过去，闭了闭眼，某人的发飙果然从不缺席。

"竟然加了一颗炸蛋、一只鸭掌，还有一盒炸鸡？下午您有十二份材料要签，还有两个会要开，油脂和碳水摄入过多犯困怎么办？您还记得您有脂肪肝吗？说好的一起努力呢？您要是倒了，部门怎么办？您家的猫怎么办？我怎么办？"

唐霖被一连串的"怎么办"问得哑口无言："我……"

孟伊放下手里的外卖单据，表情越发沉重起来："唐主管，为了您的身体健康和工作状态，为了部门的积极发展，我再次诚挚地建议您戒掉垃圾食品。今天的午餐我处理过后再给您，今后请您继续跟我一起健康饮食。"

事后，唐霖窝在办公室，咽着扒了皮的炸鸡，吃着没了汤的螺蛳粉，翻着孟伊刚发给她的多达一百页的工作方案，无语凝噎，涕泗横流。

恰在此刻，手机微信又进来一条消息。

孟1：主管，晚上八点跟我去公司操场跑步吧。

孟1：不用跑太长，二十五圈就好。

唐霖心梗。

唐0：妹妹，放过姐姐吧，二十五圈，命都没了好吗？！

唐0：姐姐真的跑不动啊！

孟1：没事啊姐姐，我们一起努力。

孟1：跑不动我背你。

唐霖：这人有病吧？！

02

唐霖也是想不明白，自己这么胸无大志、得过且过的躺平主管，怎么就摊上一个野心勃勃的卷王下属。

正如她同样不懂，为什么孟伊这么一个优秀的海归硕士，不去大厂发光发热，非得铁着头来这个适宜养老的公司里最没前途的部门做什么副主管。

她唯一明白的是，如果没有孟伊，她的三十二岁，本来可以过得相当滋润。

在这家公司奋斗了八年的唐小姐，终于在半年前从一众竞争对手中杀出血路，成功晋升为主管，然后坚决要求调到全单位最清闲的部门——信息部。

传统企业不重视信息化，再加上她的上一任十分优秀，把系统全升级完了，给唐霖留下了足够吃五年的丰厚老本，她才得以过上周末双休、下班准点的神仙生活。

就这样日出而作、日落而息，朝九晚六轻轻松松地躺平直到退休，该是多么幸福梦幻的人生啊！

孟伊就是她幸福人生中最大的不幸。

三个月前，分管副总把她叫到办公室，满脸兴奋地说录了一个惊天优秀的好苗子，要分给她做副主管。

当时的唐霖一心想着招一个能干的下属，她就可以更加偷懒，因而看了眼孟伊金光闪闪的简历和证件照，当即连声道谢，本尊都没见到就豪迈地说"这人我要了"。

现在想起来，唐霖只想给当初的自己一记铁拳。

领导哪里是给她找了个副主管，分明是找了个管家婆！

管天管地，还要管她中午是不是吃的炸鸡，管她工作是不是高效率，管她上班是不是在打游戏。

可恶，该死的强迫症把她都给传染了，连发表一下内心吐槽都得押上韵。

03

但不能否认，第一次见面，唐霖对孟伊的印象还是很好的。

"主管好，各位同事好，我叫孟伊，今年二十六岁，身高一米七五，体重五十七公斤，爱好是听乐队现场和健身，顺带一提，我有腹肌。"

有腹肌啊，唐霖听到身边的女同事如此惊叹，想到自己一米五七的身高，与孟伊不分上下的体重，再低头看了眼自己凸起的小肚子，唉。

"你很优秀，应该不缺 offer 吧，为什么来我们这儿呢？"有同事直白地问了。

"一些个人原因吧。"孟伊笑了笑，似乎不愿多说，冲着唐霖点了点头，"初来乍到，请前辈不吝赐教。"

唐霖"嗯"了声，给孟伊打了九十九分的高分。

客观来说，孟伊来这里确实很可惜，她所谓的"个人原因"是什么呢？多半是感情原因吧，男朋友什么的——

更可惜了。

走神间，她听到有人说："欸主管，小孟本科是 H 大的，和你一个学校？"

"对，不过我是硕士，"唐霖回神，冲着孟伊笑笑，"说起来，你应该算我师妹。"

"师姐好，"孟伊弯眸，起身弯腰平视她，手指轻轻地搭上她的肩头，眼神略显无辜，定定地看进她的瞳孔，"以后相处的时间会很长，麻烦师姐多多关照了。"

唐霖就是被这第一印象蛊惑了。

长期混迹在男人堆里，唐霖好久没体验过被美女注视的感觉了，脸噌地一下红了个透："没，没关系的，相互关照嘛！别客气了小孟。"

"我没有您说的那么优秀，我也有缺点的，"孟伊故作惆怅地说，"可能管理风格比较严格，会有点卷，怕大家有意见……"

"怎么会有意见呢？适当的卷有助于团队进步！"唐霖被旺盛分泌的肾上腺素冲昏了大脑，胸腔突然涌现出豪情壮志，"总而言之，小孟你放手去干，天塌下来还有我给你撑腰呢！让我们一起努力，让部门变得更好！"

孟伊回握住她的手，眼含泪光，重重地点了下头："嗯！前辈，我们一起努力！"

当时的唐霖还有些心虚，因为她说这番话全靠演技，没有真心，想到这孩子还真把自己当正能量满满的前辈，有点于心不忍。但转念一想，当真也没事啊，卷王好啊，卷一卷自己，卷一卷同事也是可以的嘛！哪知道孟伊不卷别人，就盯着她一个人卷。

一开始，孟伊还只是在工作上卷她。

第一周，她嫌部门管理松散，隔天就出了个内部考勤守则；

第二周，她嫌大家工作不饱和，找了七百多个bug给他们修；

第三周，孟伊直接发给唐霖一份五十多兆的报告并请示道："唐主管，有您在我觉得我们完全可以承担更多的项目。您看看这份《信息化提升五年计划行动方案》，没问题我们就报给副总吧，他一定会开心的。"

唐霖："啥？"

孟伊说得完全正确，副总对方案极为满意，不仅给她们追加双倍经费，分配的项目任务也足足排到了三年后。

安排任务的时候，副总笑得春光灿烂，唐霖的内心愁云惨淡。

小孟啊，你知道我多努力才把这些工作推掉的吗？这下好了，该来的不该来的全归她们了！

虽然大多数的活儿都是孟伊搞定的，唐霖只需要开会签字就行，但当决策者的压力也不小。压力一大唐霖就爱吃东西，一不小心就吃出个轻度脂肪肝，再一个不小心被孟伊发现了，后来孟伊就开始监督她的饮食和作息。

孟伊每天六点半准点叫她起床，十一点叫她睡觉；在外吃饭要她拍照打卡，午饭要她一起去食堂吃沙拉，隔三岔五还拉着她去锻炼……

唐霖三十二年的人生里只有两个爱好，一是吃，二是混日子。爱吃的东西吃不到，能混日子的工作混不了，这一个月以来，她的生活简而言之就是四个字——

度日如年。

04

为了不那么憋屈，唐霖开始找身边的人控诉下属的罪行，然而她们的回复却都令唐霖很不满意。

闺蜜 A 期待："美女的照片能发我一份吗？"

闺蜜B羡慕:"这么好的下属你还不知道珍惜!"

她妈妈兴奋:"多乖的小孩,有空带回家一起吃个饭呀!"

这都说的啥啊!

只有发小老马同志表示了慰问和同情:"霖宝你好惨啊,这种工作和运动强度,你这破身体怎么受得住?"

今天会议结束得早,唐霖去隔壁老马的办公室吐了半个钟头的苦水,后者拍拍她的肩,很怜悯地发出了如上评论。

唐霖义愤填膺:"是吧!"

"也不能全赖她,谁让你先装样的?人家把你当努力上进的前辈尊敬着呢,谁知道你只想摆烂啊。"

"那总不能让她失望吧,好歹我也是她师姐,"唐霖苦巴巴的表情更苦了,"老马,你给我支个招呗。有没有法子能既不破坏她心目中我的伟岸形象,又让我过得舒服点啊?"

"有啊,"老马镜片下的小眼睛露出贼笑,"你把她送走呗。"

唐霖中招:"送去哪儿?"

"我们研发部就挺好的啊,任务重,机会多,卷王的根据地,我看挺适合她。"

唐霖一愣,小肥手啪的一声揍过去:"想挖我的人,做梦吧你。"

老马轻巧躲开,不接她的话:"嘻嘻,各凭本事喽。"

"呵呵,警告你,别给我耍阴招啊。"

老马今年三十五岁,是唐霖发小,为人阴险。他俩从小到大没少打架,这回因为挖墙脚的事,又是一言不合,在沙发上你来我往激战正酣。

唐霖好不容易占了上风,正打算来一招泰山压顶,办公室的

217

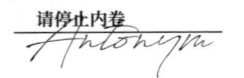

推拉门"哗"的一声开了。

门口站着孟伊，脸色黑如锅底。

唐霖缩回爪子，僵硬地挥了挥："嗨……"

"我找你半天，还以为你在忙。"孟伊自动无视了老马，面无表情地看着她，"唐霖，回去开例会，你迟到五分钟了。"

唐霖还没来得及计较对方直呼她全名，就被一股大力连根拔起，孟伊竟然生生把她从沙发上拎了下来，拽着手腕，头也不回地往门口走。

老马在后面喊道："霖儿！哥刚刚说的，你回去再考虑考虑啊！等你回复！"

孟伊的脚步停了片刻，然后走得更快了。

"对不起啊小孟，是我把开会时间忘了，你别生气啊，下次绝对不会迟到了。"

见孟伊气得连手指都在抖，唐霖很自觉地主动低头，没想到孟伊放缓语气说："不是因为这个。"

唐霖疑惑："那是因为什么？"

别说，孟伊平时装得再成熟，生气的时候就暴露本性了，这气鼓鼓的腮帮子，分明就是个别扭的小屁孩嘛。

小屁孩垂眸，很深沉地回答她："唐霖，你不会懂的。"

05

孟伊其实也不是很懂自己。

不过是一个微不足道的约定，一个匆匆一瞥便再无交集的人，一段早该封存记忆的执念，却凭着一张逐渐泛黄的合照，让她心

心念念了八年，直到现在。

晚上十点半，孟伊回到家。桌上最显眼的位置立着一张有些年头的照片，她习惯性地将它拿起，细细描摹着照片里女人清瘦的脸，又将它放回原处。

将自己的身体埋进浴缸，温热的水一寸寸地安抚着皮肤，孟伊用空无一物的眼神仰望着空无一物的天花板，喉间泄露出同样空虚的叹息。

她想起下午下班之后，老马找到她说的那番话。

或许对方说得没错。她和唐霖本就是两个世界的人，一切的"为她好"不过是自己的一厢情愿。

她既没有资格更没有立场要求对方做出改变，对她来说，最好的选择就是离开。

她又何尝不知道呢？只是难免遗憾，也难免不甘。

孟伊从浴室出来时已经超过十一点，手机里躺着两条微信未读消息。

一条来自她父亲，问她还要在H市耽误多久，什么时候去A市的公司帮他；另一条来自数日没有联系的大学挚友，说好久没见了有点想她，有没有近照可以分享下。

孟伊想了想，打开相册，将上周末部门团建的照片发过去。那是张抓拍照，画面右边是几个冒着白烟的烧烤架，画面中央则是一手拿着盘子一手拉着她的唐霖。唐霖伸长了脖子在看烧烤架上的肉串，而她在看唐霖。

挚友的电话很快打了过来，电话那头是充满好奇的声音："这就是你说的那个姐姐吗，看着和以前不太像啊。"

孟伊"嗯"了声："吃胖了。"很快又补充道，"但现在也很好，挺可爱的。"

"看着是个脾气挺好的人呢，她对你怎么样？"

"她对我很好，我刚来公司不久，她教了我很多。"虽然都是些偷懒摸鱼的小妙招、推掉工作的套路话术、开会玩手机不被发现的歪门邪道……想到这些，孟伊脸上泛起淡淡的笑："她怎样都好，没有哪里不好。"

"恭喜你得偿所愿，终于和仰慕的前辈一起共事了，这不得好好搞事业！"挚友浮夸地恭喜一番后开始揶揄，"五年内做到副总差不多吧！咱们未来的孟总，接下来有什么打算啊？"

"闭嘴吧你，"孟伊也笑，却是很快隐了笑意，"接下来，嗯……"下一步做什么？

停顿了许久，她才缓缓回复："我打算离开她。"

没过多久，手机进来一条新的消息，来自被她改掉备注的唐霖。

唐主管：Hello？小孟在吗？都十一点半了，该催我睡觉啦！你不要偷懒！

唐主管：你还在生气吗，是气我摸了老马吗？大不了明天我也摸摸你。

孟伊锁上屏，又打开，只回了两个字。

孟伊：晚安。

06

讲真的，对老马的提议，唐霖不是没有动摇过的。

她就像头辛苦了大半辈子的老黄牛，刚准备安享晚年，又被

逼着下地干活,而孟伊就是那个拿鞭子抽她屁股的人。如果送她去别的部门待一阵子,老牛也好有点喘息的空间。

只是每当想起孟伊那句"我们一起努力"、那双亮晶晶的眼睛和加班到半夜的瘦削背影,唐霖总是会不忍心送走她。

或许,为了这个孩子再努力个两年,也不是不行?

然而,"上进"的小火苗刚冒出了头,又立刻被一瓢冷水浇灭了。

泼冷水的不是别人,正是孟伊。

那天过后,两个人之间的气氛变得微妙起来。虽然不懂孟伊为何闹别扭不来找她,但好歹自己年纪大,唐霖就琢磨着主动示好,周五下班,破天荒地向孟伊发出邀请:"小孟,一起去跑步吗?"

哄人得有诚意,唐霖知道孟伊爱看演出,兜里揣着两张乐队演出门票,打算跑完步给她一个惊喜。

孟伊愣了好几秒,才挤出一个很勉强的笑:"今天不跑了。主管,我请你吃饭吧。"

吃的不是反人类的鸡胸肉健身餐,而是海鲜,竟然还是自助。这已经不是一般地反常了,但海鲜实在太香,唐霖暂时把这些反常抛到了脑后。

一顿饭吃到尾声,所有的反常都有了解释。

"主管,我听说研发部有项目要上,很缺人,想申请调去那边帮忙。"

长达五分钟的时间里,唐霖说不出任何话。

那是种什么感觉呢?

有愤怒,有埋怨,有不可置信,但更多的是难过和失落。

"批准了。"唐霖笑了笑,停下筷子,"研发部是个好地方,比我们有前途多了,适合你。"

孟伊眼神暗下去,抿紧唇:"如果我说,我只想先去那边帮两个月的忙——"

"不需要,部门还有很多人在。想离开的人请自便,我绝不强留。"唐霖打断她,淡笑着伸出手,语气却带着疏离,"孟伊,谢谢你这段时间以来的付出。祝你前程似锦,一切顺利。"

既然嫌弃她这儿没前途,为什么当初要来?

既然早就想走,又为什么不早说,还往死里卷她!真是没良心!白眼狼!

毕竟是有房贷的成年人,发疯也只会克制在心里。唐霖保持着良好的风度,以绝对完美的姿态结束了这顿"散伙饭"。

回到家中,她把兜里两张没送出去的门票撕成粉碎,来了个天女散花。

07

白眼狼离开的第一天,唐霖越想越气,将此人拉入微信黑名单。

离开的第一周,唐霖无视孟伊在内部系统多次发出的"主管把我放出来吧"的恳求,并将整日在她面前炫耀孟伊有多能干的老马也拉入黑名单。

离开的第一个月,唐霖开始担心起自己的精神状态。

因为她竟然瘦下来了!

先前孟伊拖着她运动,一个月才瘦了三斤,这个月她食欲不振精神萎靡,都没怎么动,反而轻了六斤。

孟伊走了,但又没完全走,长达一个月的戒断反应终于让唐

霖意识到，此前的孟伊是如何无孔不入地渗入她的生活。

起床时，下意识地等着某人的电话；

吃饭时，自觉地避开那些孟伊口中的"垃圾食品"，条件反射地想拍照发给她打卡；

工作时，习惯性叫错人的乌龙依旧时有发生，比如此刻。

"小张，你这个方案写得太差了，回头让孟主管给你看看吧。"唐霖极其自然地对外面喊了声，"小孟，过来一下——"

"唐主管，"小张小心翼翼地说，"孟主管已经不在了。"

唐霖捏紧了签字笔，数秒后才"嗯"了声："叫顺嘴了，你放那儿吧，我晚上来改。"

然后她总会失神很久。

研发部搬去新大楼了，唐霖见到孟伊的次数更加有限。她偶尔去开会路过他们的办公室，能听到一群年轻人的欢声笑语，而孟伊总是被簇拥在中间的那个，看着清瘦了些，但依旧骄傲，依旧神采飞扬，也……依旧那么好看。

唐霖会在对方发现自己之前悄悄离开。

人到中年，职场人来人往，多正常的事啊。

只是她不明白，之前明明一直嫌孟伊卷得太狠，现在对方走了，自己为什么会那么难过。

唐霖失去食欲，自然体弱多病。

换季之际，流感来势汹汹。唐霖早上就有点头痛，饿着肚子开了两个小时例会后开始眼冒金星，凭着意志力上台做完了汇报，台下孟伊频频投来视线，唐霖当作没看见。

刚散会，某人急切地截住了她："主管，你感冒看起来好严重啊。

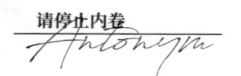

吃药了吗？需不需要我——"

"我不是你主管，马先生才是，"唐霖扬起下巴，冷酷地打断她，"我好得很，不劳费心。"

事实上她头疼得快炸了，眼前阵阵发黑，双脚酸软，像踩在了棉花上。

唐霖大学时期因为太瘦了又没钱吃饭，低血糖发作，昏倒过好几次，此刻她很清楚，自己可能又要晕了。

但是不能在孟伊面前倒下，她搬不动自己的！

这是唐霖晕倒之前最后的意识。

身体失重的一瞬，感官却变得灵敏。她感到自己被人背起，本能地不安，想要奋力挣脱，却没力气。

"听话，别动。"

"可我很沉……"

"谁说的，你很轻，"女人抱着她飞奔，都不带喘的，轻笑道，"你忘啦？我有腹肌呢。快睡吧，睡一觉就好了。"

然后唐霖放心地晕了过去。

08

这一晕就是一整天。

高烧一晚，唐霖再次醒来，已经是次日清晨。

唐霖发现自己被人换上了病号服，十分没有形象地流了一枕头口水，呈大字状躺在病床上，睡了一个大斜线出来，脸正正对着一双包裹在笔挺的西装裤里的大长腿。

大长腿的主人坐在她床边的椅子上，大概已经累极，双手抱

着胸正在浅睡，她的眉心微蹙，似乎睡得并不好。

孟伊照顾了她一夜，还穿着昨天的衬衣西裤。衬衣下摆解开了，两颗扣子不知所终，敞开一条缝，紧致而白皙的腰腹若隐若现。

不知为何，突然很想验证一下孟伊的腹肌……

但唐霖没那个胆子，上手肯定是不敢的，只敢小心翼翼地把脸往床边凑近了点，眯起她三百度近视的眼睛，企图看清孟伊若有若无的马甲线——

"主管，你做什么？"孟伊被陡然逼近的鼻息激得浑身起了鸡皮，搬着凳子退了两步，震惊疑惑。

"当然是检查你的腹肌啊。"唐主管脸皮厚如城墙，毫不害羞，反而倒打一耙，"说好的四块腹肌呢？我只看到那么一点点马甲线欸。"

"那是因为陪你跑步，有氧运动做多了，肌肉都掉光了。"孟伊从震惊中回过神，扬眉笑得促狭，"你那么不爱运动，我还以为你对它没兴趣呢。"

"说啥呢，无聊！真没劲！"唐霖老脸一红，转移话题，"大清早的，聊点有营养的好不。"

孟伊故作疑惑："难道一大早就偷看别人腹肌的不是主管你吗？"

"哎呀你好烦！咱俩谁是主管？没大没小！"

被有恃无恐的下属当面调侃了，唐主管恼羞成怒，气到从病床上弹起就要去打孟伊。

可她浑身无力腰酸腿软，落地又滑了一跤，幸好下属眼疾手快地捞了她一把。

"有摔到吗主管？是不是还没恢复好？头还晕着吗？需不需

要我去喊医生？"头顶传来孟伊的声音，紧张得语速都加快了。

　　这个人是全心全意地关心着她，唐霖觉得心里一暖。

　　唐霖的老家在偏远的小城，从十八岁上了大学开始，她就没有回去过，算一算竟然已经快十五年了。

　　她没有钱，没有背景，没有谈过恋爱，没有可以喘息的时间。在这座城市，她已经拼了许多年，拼来了房子，拼来了车子，却也拼坏了身体。

　　这附近的几家医院，她一个人都跑遍了，熟悉得像回了自己家，就连手术都是一个人去做的。

　　唐霖没觉得有什么，直到她被这个人全心全意地关心着。

　　也许是生病让人变得娇弱，唐霖这一刻有点想哭。

　　"我们聊点别的吧。"孟伊侧过头，很认真地看着她，轻声问道，"主管，如果我说我想回来，你还会欢迎我吗？"

09

　　"我不知道。"

　　唐霖没有正面回答，而是敛了笑容反问孟伊，为什么突然提出要调动，但孟伊只用"有想确认的事情"糊弄了过去。

　　唐霖见她不愿说，便也作罢了，但心中的小疙瘩始终还在，直到某天中午，她在食堂听到几个同事的闲聊。

　　"欸，咱们公司要去瑞士开分公司了，这事你听说了吧？"

　　"知道啊，说是想去的中层太多，不是还没定谁去驻点吗？"

　　"现在定下来喽，老板钦定的，猜猜是谁？"

"谁啊?"

"研发部的孟伊!"

唐霖的筷子停住了。

"喔,保真吗?"

"昨天总裁把她叫去办公室了,我在门口听到的,你说呢!"

"幸好调走了,在信息部真是埋没人才。"

"估计领导早就许诺了要重用,先找个清闲的部门过渡一下呗。"

……

这段时间,唐霖想着孟伊说不定快回来了,多少减点肥迎接她一下,忍痛放弃了挚爱的螺蛳粉,每天都很乖巧地吃着孟伊要求的减脂餐。

此时她喉咙里还卡着一大块西兰花,咽不下,又吐不出来。

所以孟伊的"个人原因",就是要找个清闲的地方过渡,而她只是过渡期认识的短暂又普通的前辈,没有任何特别的,对吗?

她也不是因为真心喜欢才来这个部门的,对吗?

可职场本就是各取所需,哪里来的什么真心呢。

她很难过,比孟伊说要调走那天还难过。

次日,她休了年假,找了个靠近海边的地方独自散心。其间孟伊通过各种方法试图找她,唐霖都视而不见。

其实在休假的最后一天,她曾悄悄地把孟伊从黑名单里放出来。

但许是失望累积太久,在那之后的一周,对方也没有给她发送任何消息。

两人竟然就这样断了联系。

10

"霖宝,休假回来了吧?我们项目今天收官,办了个庆功宴,一起过来聚一聚呗!"

看到老马的这条消息,唐霖的第一反应就是拒绝。

"才不要,你们部门的项目,关我什么事啊。"

"孟伊之前不是你的人吗,她可是咱们项目的大功臣,你是她恩师,也是我们的恩人,当然得来啊。"

唐霖想了想回复:"行,那我去吧。"

老马这个人一肚子坏水,要是趁着聚餐给孟伊灌酒,小姑娘被占了便宜可怎么办?人家马上就要出国了,她不能允许这种事情发生!

抱着如此朴素的正义感,唐霖傲然迈进了饭店包间。本想着帮孟伊挡一挡,没想到一进门,那群男人的酒杯全都冲着她来了。

"热烈欢迎唐主管!"

"感谢你培养的后生啊,真是太给力了!"

"霖姐,我也来……"

"……"

"我师姐身体不好,我来替她吧。"许久没见的孟伊起身拦在了她身前,声音很低。

她瘦了好多,唐霖看着心里又是一痛,也低声说了句"谢谢"。

"不客气,应该的。"

"少喝点。"

"嗯。"

怎么就变得这么生分了呢？唐霖真的很难过。

但她的难过没有持续太久。

因为孟伊很快就歇菜了。

刚开始看着孟伊来者不拒，一杯接一杯跟喝水似的，喝完依旧面色如常，拦着她还不高兴，唐霖还以为这人有多好。结果这小屁孩只是在装样，才十五分钟就不行了，挂在她的肩膀上，泪汪汪地瞅着她，呜咽了两声："师姐，我头好疼。"

唐霖无奈，支起对方的身子，声音不自觉放柔："我送你回家。"

出租车上的孟伊倒是很乖，靠在她的肩膀上浅眠，一路上安安静静。

没想到一到家门口就开始发酒疯，一米七五的大个子挂在她身上装树袋熊，一米五七的唐霖真的要崩溃了。

树袋熊："师姐，不要生我气了。"

"好好好，"唐霖耐着性子在孟伊的包包和外套里摸钥匙，"师妹，你们家钥匙在哪儿？"

孟伊很乖巧地回答："在裤子的口袋呢，师姐。"

唐霖忍无可忍："你给我拿出来！"

酒精真是个可怕的东西，让酷女一夜之间变傻妞。

好不容易进了门，傻妞还没醒酒，看着她傻笑："快说你不生气了。"

唐霖架着她，在孟伊的豪宅客厅里艰难穿梭，嘴上敷衍道："行行行，不生气不生气。"

傻妞噘起嘴："我不信，你证明给我看。"

唐霖:"咋证明?"

"唐霖……"

"嗯?"

"说好的,我们要,一起努力……"

唐霖多余的感动被尽数收回。

她真的是……我哭死。

喝醉了还不忘卷她,这究竟是一种怎样的精神……病啊!

费了吃奶的劲儿搞定一切,已经接近凌晨两点。唐霖精疲力竭,大半夜的她也不敢打车,纠结了一会儿,决定就在客厅的沙发睡一夜,次日一早,再悄无声息地回去。

路过玄关,柜子上最显眼的地方立着一张照片,用很高级的相框装起来,想不注意都难,唐霖无意间瞟了一眼,却愣住了。

这是一张合照,左边是个齐刘海、低马尾的高个女生,皮肤有点黑,身材略显壮实,整个人隐没在树荫下,没有笑容,看着有些阴沉;而右边是个穿着高跟鞋的矮个子女生,正亲昵地揽住她,手中抱着两本书,一身清纯的白色连衣裙和同样清纯的五官,冲着镜头笑得灿烂。

左边这个,她不认识,但右边这个,她可太眼熟了。

这不是八年前,才八十斤出头的她自己吗?

11

一觉睡醒,昨晚的记忆缓慢回笼,孟伊知道,大事不妙。

抱着"万一唐霖没发现呢"的侥幸,她从卧室的门缝探出脑

袋去看客厅，才露出一只眼睛，就被沙发上的唐霖抓了个正着。

"睡醒了？"

孟伊捏紧自己睡裙上的小熊脑袋："……嗯。"

唐霖表情平静，对她勾了勾手指："过来坐，我有三个问题要问你。"

"哦。"

审讯状态下的唐霖气质依旧柔软，目光却格外锐利，对视的时候，孟伊觉得自己心跳都快了不少。

"不想兜圈子，最近我有几个一直困惑的问题，就直接说了，"唐霖开门见山，"第一，在找我说要调动之前，老马是不是找过你？他跟你说了什么？"

"他说，"犹豫片刻，孟伊一五一十地交代，"说你跟他订婚了，重心马上会放在家庭上，我在事业上升期，不适合继续待在你的部门……"

"什么？！"

话音未落，孟伊看见唐霖如同一道光冲向了门口，忙拦住她："你做什么？"

唐霖面色狰狞："去揍老马！"她单身至今，订的什么婚？这老马为了跟她抢人，真是什么损招阴招都使！

"没事啦，我已经知道他是骗我的了。"

"怎么知道的？"

孟伊面露得意："上次送你去医院回来，我特意问了他，他连你背上有个胎记都不知道。就我知道，嘿嘿。"

"别傻笑了。"唐霖扶额，"昨天晚上就算了，清醒状态下，请你时刻保持形象行吗？"

231

孟伊乖巧，立刻不笑了。

唐霖满脸写着不高兴："那人家喊你去干活，你还真去啊。"

"我是为了卧底找他的把柄啊，我想告诉你他配不上你，让你专心跟我搞事业，不要和他结婚。"孟伊说着又惋惜起来，"可惜他每天加班加得比我还晚，我没抓着他的小辫子。"

唐霖："你还真是费心了。"

要怎么才能让孟伊知道，她对老马的花边新闻真的没有一点兴趣。

"没关系，反正我已经和李总说了，下周我就调回信息部。"

欸？

唐霖很意外："你不是要去瑞士分公司了吗？"

孟伊比她还意外："可是我已经拒绝了啊。"

"啊？为什么？"

"国外的东西我吃不惯呀。好不容易回国，我真不想再出去了。"孟伊答得理所当然，"当然……主要是，我喜欢和主管一起工作，也喜欢待在信息部。"

唐霖表面不置可否，内心对上述答案无比满意。

"行吧，第三个问题。"唐霖敲了敲桌上的照片，"你为什么会有我的照片？左边这个人是谁？"

孟伊扭扭捏捏："是我。"

唐霖："啊？"

"那时我大一，有八十多公斤，又黑又胖，家庭条件也不好，所以一直很自卑。你是那届的优秀毕业生，研究生论文也被评了优秀，学院找你做讲座，我就去听了。"

孟伊顿了顿，脸上浮现出些许怀念："当时想……这个姐姐好

瘦好美,好想跟她做朋友。讲座结束之后,我就厚着脸皮找你要了合影,找你说了很多乱七八糟的东西,还哭了,好丢脸啊。"

孟伊笑了笑,看向唐霖:"师姐,你还记得当年是怎么安慰我的吗?"

过往的回忆突然攻击她,唐霖开始尴尬:"呃,不太记得了。"

"你给我推荐了健身房,帮我办了卡,鼓励我坚持锻炼,说减肥不难,但也不需要有身材焦虑;你夸我聪明,夸我细腻,说每个女生都有独一无二的美,要永远自信;你说'也许今后没有机会见面,但没关系,在世界的某个角落,我在和你一起努力'。"

唐霖被自己年少轻狂的发言尴尬得脚趾抠地,孟伊却丝毫不觉。年轻的后辈目光灼灼,她握住唐霖的手,继续吐露她朴素的心声:"师姐,我努力了,减肥了,家庭条件宽裕了,也出国见过更大的世界了。我想让你看看,我现在很棒,很自信;想跟你在同一个角落工作、生活,然后我们一起努力,一起变得更好,一起在我们的未来里做一些不一样的事情。"

"所以我回来了。"孟伊深深地看着她,一字一句地说道,"唐霖,我来这里的'个人原因',一直是你。"

面对如此诚挚的一番剖白,唐霖的心情却很复杂。

追寻了那么久的榜样,如今胸无大志、"中年发福",无论是谁的内心都会接受不了吧,所以才会那么铆足劲儿卷她。

但是怎么说呢,有些不真实的滤镜,还是打碎比较好。

"你知道我为什么给你推荐那家健身房吗?"

"为什么?"

"因为我那个时候很穷,为了挣生活费,兼职给那家健身房做推广,每卖出去一张卡,可以拿到一百块的佣金。"

这句话的杀伤力果真很大，孟伊的嘴张开一半忘了闭上，酷帅的五官呈现出一种痴呆的表情。

　　唐霖把心一横，闭了闭眼，索性继续坦白："对不起啊，我可能已经不是你记忆中的样子了。孟伊，我还要向你坦白一件事，打了这么久的工，拼了这么久，我真的努力不动了。我没有你想的那么上进，我不想锻炼，不想上班，不想起床，每天支撑我活下去的念头就是退休，现在我最大的人生目标就是躺平。也许你会失望，但这就是现在的我。"

　　终于把不吐不快的秘密说了出来，唐霖觉得通体舒畅，神清气爽。

　　或许孟伊会接受不了吧，但是管她呢，自己爽就完事了！

　　虽然是这么想的，唐霖还是略显忐忑，借着喝茶的机会，偷偷去看孟伊的表情。

　　对方很快从刚才的震撼中恢复，一边静静地听她的发言，一边却露出了"早知如此"的笑容。

　　"没关系啊。之前我一直想，要怎样才能让你积极一点，但后来你病倒了，马主管也告诉我你身体一直不好，所以……"孟伊看着她，笑得神色莫名，"师姐，您随意躺平，想怎么躺就怎么躺，至于努力干活这种事，以后就交给我吧，我喜欢干活。"

　　感觉这个人说的话，她并不是很能听懂。

　　无视孟伊冲她眨得飞快的眼睛，唐霖把脸撇到一边，自以为镇定实则傲娇地"哼"了一声："这可是你说的。"

　　"啊对对对，我说的，绝不反悔。"

　　"以后不许再卷我了！"

　　"不卷了不卷了。"

"部门的工作三七开,你七我三!"

"十零开都行,你零我十。"

"不许拦着我吃螺蛳粉!"

"外面的太油了,我煮给你吃好不好?我还挺会做饭的哦。"

"那每天的菜谱我来定,我讨厌吃鸡胸肉、生菜和西兰花。"

孟伊笑:"好,吃什么都听你的。"

"成交,那还等什么?"唐霖满意了,起身往门口走,向身侧的方向伸手,扬眉一笑,"跟我回信息部吧,副主管同志。"

孟伊伸手握住,然后换了个姿势与对方并肩,两人自然地对视一眼。

"遵命,主管大人。"

End

绝对不能输给谁？赵莱。

FANYICI

经常来吃饭的漂亮姐姐

fanyici

经常来吃饭的漂亮姐姐

文 / 司礼监秉笔背包叔

活得固执而新鲜。

01

早上十一点，在遮光性良好的窗帘打造出的幽暗空间里，一阵突兀的电话铃声打破了难得的宁静。裹在被子里的人挪动了一下没继续动弹。铃声很快停了，但没过多久便再次响起，被子里的人这才钻出来不情不愿地接通电话。

"杨姐！别睡了，赶紧来店里！"经理袁林在电话那头火急火燎地喊人。

杨肖顶着一头杂乱的长发坐起身，她一边打哈欠一边皱眉："大早上的给我打电话，你最好是有事，不然你就会出事。"

袁林连忙说："是好事是好事，快点来店里细说。"

杨肖拿着手机又躺下去，睡眼惺忪地说："困死了，起不来。"

袁林在电话那头哀求："哎哟杨姐，姐，快来快来，求你了，

这关系到我们餐厅的生死存亡啊，你就早起一次嘛。"

杨肖被烦得不行只能答应下来："行行行，别吵了，我等会儿就过去。"

可道理归道理，身体归身体，作为一个从来不早起的人，让她上午就出门简直无法忍受。杨肖人是起来了，脑子还迷糊着，不仅两只脚穿了不一样的袜子，出门的时候还撞了头，惹得她忍不住边揉脑袋边骂骂咧咧。

正因为如此，当杨肖路过平时向来无视的咖啡店时，犹豫了一下最终还是走进去点了一杯毫无新意的美式咖啡。她平时最不爱喝这种东西，也不理解怎么会有人愿意"自讨苦吃"，但今天不喝点提神的东西估计是没法工作了。

等咖啡的时候她靠在吧台上懒洋洋地看向门外，这时一个女生骑着一辆亮眼的单车稳稳地停在了店门口。车身是咖啡色，车头还装着运动相机，整辆车结构轻巧外观漂亮，一看就不便宜。

这年头共享单车到处都是，居然还会有人买这么贵的单车，杨肖挑了挑眉在心里思忖着。

外面的女生很快就锁好车进来了，她穿着简约的运动装，条纹的运动袜一直拉到小腿处，手臂上还缠着暗红色的毛巾，背包里塞着一个飞盘，看来是刚刚运动回来。

杨肖的目光落在女生脸上，她似乎想起了什么，但她很快转过头假装不认识，听到"咖啡好了"，也没注意杯身写着什么，拿起来就往外走。还没喝两口就感觉自己的肩膀被人拍了拍，她转头发现是刚刚店里的女生，对方手里也拿着一杯咖啡。

"你拿了我的咖啡，这杯才是你的。"那女生说。

杨肖把咖啡举起来看了一眼标签，上面果然写着一个"赵"字，是自己错拿了别人的咖啡。"那你喝我的呗。"杨肖无所谓地说。

对方愣了一下，眨眨眼："可我的是瑰夏。"

"不都是咖啡吗？"杨肖没太在意。

对方微笑着解释："瑰夏和普通的美式不太一样，它带有一点热带水果的香气，花香清冽、果香浓郁，融合在一起带来独特的风味，你还能尝到柑橘的甜味……"

杨肖此时的脑袋显然没法处理这些复杂的信息，她眯着眼睛歪了歪头似乎想弄清楚对面的人到底在说什么，于是对面的女生换了一种直白的方式解释道："我咖啡的价格是你这杯的六倍。"

杨肖恍然大悟："哦，你早这么说不就得了。"

对面的女生似乎想解释什么，但杨肖已大跨步地往咖啡店走去。虽然花这么多钱买这么一杯苦东西实在不符合杨肖的消费理念，但谁叫自己迷迷糊糊地拿错了呢。她只能忍着心痛又重新买了一杯瑰夏塞给女生，随后一手拿着喝了两口的瑰夏，一手拿着自己买的美式气呼呼地走了。

和赵莱相熟的店员回想起杨肖付钱时臭脸的样子忍不住笑了："怎么，是你认识的人？"

赵莱拿起瑰夏喝了一口，轻笑："算是吧。"

花大价钱买了两杯自己不喜欢的咖啡，杨肖心里难受，喝得更难受，但一想到这个价格，又皱着眉多喝了两口。不过拜这个插曲所赐，杨肖到达餐厅时已经完全清醒了。

这是一家位于黄金地段的预约制高级私房餐厅，青色的墙体与厚重的木门在这条街上看起来不甚起眼，唯一能表明身份的就是门上镶嵌的金属招牌。但推开大门后，高级餐厅的典雅与精致

感扑面而来，里面的面积虽不大，但大厅里富有呼吸感的顶灯与欧式的玻璃窗花将空间营造出了隐秘又舒适的感觉，简单来说就是一看就明白价格不菲。

杨肖正是这家餐厅的主厨，几年前她从欧洲进修回来后，原本要直接入职香格里拉酒店行政酒廊，但那个时候的袁林刚从上一家公司离职，疲于为他人工作的她自己筹钱开了这么一家私房餐厅。由于私房餐厅只供应晚餐，主厨每天的上班时间是下午三点到晚上两点，这对于每天早上起不来的杨肖来说诱惑力极大。再加上两个人是十几年的朋友，于是杨肖果断放弃了香格里拉酒店，选择了这个看上去其貌不扬的小餐厅。

杨肖一踏进餐厅，袁林就一路小跑迎上来，笑容微妙地抖着肩。

杨肖往后退了退："好可怕的笑。"

袁林嬉笑着黏过来："宝贝，咱们餐厅的未来就靠你了。我得到可靠消息，最近有一个米其林评审员要来我们店，要是能评上星……"说着她轻轻用肩膀撞了一下杨肖，"那咱们不就发达了呀！"

杨肖将信将疑地看着她："你从哪里得来的消息，米其林评审员要来你都能提前知道？"

袁林搂着她往后厨走："你知道我有个朋友在时尚杂志工作嘛，正好她们采访过一个米其林评审员，最近她发现对方在朋友圈发了我们店的照片，还说什么下次见，八成就是要探店。你快想想有什么拿手菜可以惊艳一下这位评审员。"

杨肖的声音逐渐飘远："你别贴着我，让我想一想……"

02

自从得知米其林评审员要来后,袁林每天都如临大敌,一连两个星期杨肖都被迫提前到餐厅准备,不仅要制作正常的餐食,还得花时间开发新品,睡眠时间被严重压缩,导致她每天情绪都十分暴躁。

拎着两袋厨余垃圾踢开后厨的门,杨肖风风火火地走出来,还没走多远她就看到一个女生正坐在单车上拿着手机似乎在查什么。杨肖定睛一看,居然又是赵莱。

今天的赵莱并不是那天的运动系装束,她穿着修身的衬衫还打着领带,西装一看就是高定款,在整体氛围加成下,就连她的单车看起来都贵了好多。

这人到底什么时候回来的?不过为什么这人居然可以每天都是这么一副令人讨厌的高端文艺范啊。

杨肖拎着垃圾袋一边嚷嚷着"躲开躲开啊",一边从赵莱身边蹭过,故意将垃圾袋掠过赵莱的单车,目不斜视的样子仿佛没有认出这个人来。

赵莱被杨肖撞了一下也没生气,只是淡定地拿出纸巾将单车被沾到的地方擦了擦。

"主厨还亲自出来扔垃圾啊?"赵莱转头问她。

杨肖大跨步地走过来仰着头看她:"你谁啊,关你什么事?"

杨肖原本只是想呛一下赵莱,没想到赵莱真的自我介绍起来:"我叫赵莱,是你的大学同学。"

杨肖立刻反驳:"我们不是同学,我们只是同校而已。"

如果认真算起来确实是这样,但赵莱面不改色:"我没有说同班,同校难道不算同学?"

挑剔、严谨，以及气人，这人真是一点都没变。

一点没变的可不止赵莱一个人。现年已经二十七岁的杨肖露出一个挑衅的笑容，然后像十八岁时一样抬起脚用力地踹了一下赵莱的单车，同时得意扬扬地冲她挑眉："哦，你现在的车一定比当时的贵多了吧，不好意思哦。"

赵莱扶稳了单车，却没有低头去看被踹的地方，只是笑着说："你这暴脾气怎么一点都没变啊？又不是做川菜的。"

"你怎么知道我做什么菜？"杨肖直觉不好，在赵莱不明的微笑里转身就跑，回到餐厅检查今晚的预约名单，上面果然有赵莱的名字。

正在检查桌椅及餐具的袁林看到杨肖整个人都定在前台，好奇地问："怎么了，今晚的顾客里有评审员？"

杨肖一脸凝重地抬头："更糟糕。"

距离赵莱预约的六点半还剩五分钟，杨肖从后厨一路穿过大厅走到门口，这个举动很反常，袁林没忍住叫住她："你干吗去？"

杨肖大声回答："去扳回一城！"

果然在六点二十九分，赵莱骑着单车的身影出现了，杨肖靠着门用手敲了敲门上的招牌。赵莱停了车将长发捋到脑后："主厨居然亲自接我，我有点受宠若惊。"

杨肖也笑起来："是这样的赵小姐，由于我们店接待的都是高端人士，没有考虑到单车出行的顾客的需求，所以没有设立单车停车位。"

赵莱张望了一下四周："可是这里明明有画停车线啊。"

杨肖无赖地说："我说不能就是不能，我叫人啦，警察叔叔！"

赵莱闻言连忙制止她,又往前骑了一段这才停下来把车锁好。

等赵莱回到店门口,杨肖却撑着门不让她进:"呀,已经六点三十一分了,我们店很准时的,过时不候。"

赵莱也不生气,她抬手看了看手表,确实,现在已经三十一分了,看来刚刚杨肖这一番操作只是想让向来准时的赵莱也"享受"一番迟到的挫败感。看着杨肖使坏后小人得志一般的笑,赵莱扑哧一声笑了。她平时笑起来都很克制,很少会露出这种哭笑不得又难以抑制的表情,但此时却转过头笑得肩膀都在抖。

"杨肖,你怎么能跟十八岁时一模一样啊。"当赵莱努力忍着笑意吐出这句话时,杨肖脸上瞬间就失去了表情。

03

十八岁是杨肖最得意也是最讨厌的年纪。

十八岁的她漂亮张扬,有能力又有人缘,刚进学校不久就进了学生会,学校各种活动里都能看到她的身影。而有她的场合,赵莱就是一个躲不开的名字。

她当晚会主持,赵莱是享受了全场最热烈掌声的乐手;她给运动会当播音员,赵莱在长跑、跳远的比赛项目里都是种子选手;她去养老院献爱心,那个把老人逗得见牙不见眼的人一定是赵莱。

烦死了烦死了烦死了。

这人不仅阴魂不散,还处处压杨肖一头,她的辉煌人生因为有了赵莱都变得不那么顺风顺水起来,偏偏这还不是赵莱的错。

不过唯一让人欣慰的是她做饭比赵莱好吃。

就算赵莱再怎么讨老人喜欢,在厨房里也得给她打下手。为

了在这件事上彻底压制赵莱，杨肖使出了浑身解数，恨不得把满汉全席都招呼上，从下午四点忙到晚上十点，从前菜到热菜，从汤菜到主食都亲力亲为，甚至连餐后甜品都不马虎，硬生生把一个献爱心的活动给搞成了厨王争霸。

最终结果当然是大受欢迎，杨肖鼻子都要翘到天上去了。

但与结果对应的是经费严重超标，而且因为忙得太晚了，负责打扫的阿姨都下班了，于是杨肖和可怜的赵莱被留下来负责收拾一片狼藉的厨房。

因为太专注于做菜，杨肖自己晚上都没怎么吃，兴奋劲过了之后更感到饥饿和疲惫，连打扫都没什么力气，整个人都蔫蔫的。

赵莱一边打扫，一边看着低头晃来晃去的杨肖，四处张望了一下，忽然从厨房一个不被注意的小角落里端来了一份肉片汤。

"欸，你怎么私藏啊。"杨肖露出十分不齿的表情，似乎赵莱是克扣老人食物的恶人。

赵莱双手捧着碗："刚刚实在是盛不下了，就多了一碗，况且今天那么多菜，本来大家就吃不下了。"这倒是真的，今晚每个人都吃得扶着墙才能走出去。

杨肖不情愿地接过碗，怎么搞的，明明今天是她出风头的日子，明明菜都是她做的，但现在却像是被赵莱施舍了。杨肖坐在矮凳上喝汤的时候，赵莱一个人收拾灶台、洗锅、洗碗、扫地，等她收拾完再一转头，杨肖已经靠在门边睡着了。

杨肖今天确实很累了。

"不能……不能输……"杨肖小声念叨着。

赵莱也不知道她在说什么，于是顺着她的话问："不能输给谁？"

杨肖睡糊涂了，搂着赵莱的脖子铿锵地说："赵莱！"

好意外的答案。

十八岁的赵莱对这个答案有些摸不着头脑，但她没有追问也没有感到不快，背着杨肖慢悠悠地走在回校的路上时，心里只有一个念头：女孩子真的好轻啊。

对于被赵莱背回学校这件事，杨肖当然是不承认的。就算后来她勉强回忆起了什么，也不愿意去接受这个事实，不仅对赵莱从来没什么好脸色，还总是跟她呛声，总之态度十分嚣张。

不过好在她们当同学的时间并不长，赵莱大三就去了英国念金融，杨肖也随后去了法国学西餐，同在欧洲大陆上，倒是再也没见过了。

赵莱提起十八岁的杨肖时，想到的是那个说着不能输、拼尽全力后把自己搞得很疲惫的倔强鬼，但杨肖想到的满是自己辛苦一天受尽表扬却在最后翻了车的糗样。

扳回一城的杨肖瞬间变得没有那么开心了——得笑到最后啊。

杨肖若有所思地回了餐厅，赵莱跟在她身后进了餐厅，不知道为什么心情变得很好，脸上是抑制不住的笑："不是说过时不候，现在怎么让我进来了？"

杨肖大跨步地往后厨走，甩下一句："还不是靠我给你走后门！"

嗯，真是谢谢你了。

此时的袁林正在一个个扫视今晚的来宾，她有预感，这些人中一定有一个米其林评审员。当她的目光扫过赵莱，赵莱头顶上

仿佛立刻浮现出一系列标签：年轻、挑剔、优雅、精英，而其中最重要的一个标签是杨肖的朋友。

一定不是她。

袁林立刻将目光转向一位中年秃顶男，此时那位男士头顶上仿佛也浮现出一系列标签：其貌不扬、有钱、事多。

这人看上去完全不像米其林评审员，但等等，米其林评审员往往就是会披着这样的表象来迷惑店员，越是难以置信，越是如假包换。

心里有了判断之后，袁林立刻跑到杨肖身后发表自己的高见："一定就是那个男的，你信我，这就是障眼法。米其林，不愧是你！"

但一心只想替十八岁的自己争口气的杨肖哪里会理会袁林毫无逻辑的推理，她正用小拇指从锅边蘸了一点酱汁送进嘴里，似乎是觉得满意，眉心都松开了一些。

袁林看着专心致志的杨肖忍不住感慨："多迷人的姑娘啊，偏偏心里只有一锅汤。"见杨肖不理她，袁林又转换了话题问，"欸，外面那个精英女怎么回事啊？哪里来的娇花？"

听到这个词杨肖才抬起眼睛看袁林："她算哪门子的娇花？荆棘藤还差不多。"虽然意思相差甚远，但透露出来的熟稔却是相同的。

袁林眯着眼睛装深沉却被杨肖叫住干活："端出去，红色那盘是给荆棘藤的，黄色那盘是给评审员的。"

八卦虽有趣，上星更重要啊。袁林也赶紧收拾起心情投入紧张的工作中。

随着就餐高峰期的来临，不大的餐厅里已经坐满了预约的客人。那位被袁林内定为评审员的中年男子并没有怎么吃杨肖的菜，因为他一直在想办法跟对面的女生套近乎。

看来并不是他啊，袁林心里想着。

这时赵莱起身来结账了，结账的时候赵莱问："你们厨子是不是心情不好啊？"

袁林不解地问："嗯？这也能吃出来？"

赵莱看了一眼天花板："能从法餐里吃出朝天椒，很难不觉得是厨子在报复。"

袁林一听就知道怎么回事，她心里咒骂着杨肖，嘴上却尽力安慰赵莱："可能是今天大厨在尝试创意菜，下次你再来我给你打折。"

赵莱点点头，拿上账单和发票就离开了。

袁林忍到餐厅打烊才跑到后厨去，没想到杨肖早跑了，就剩下帮厨在收拾厨房。袁林问杨肖去哪儿了，帮厨说杨肖太困了，已经回家睡觉了。

04

虽然米其林评审员不见踪影，赵莱倒是又来过两次，只是每次来都会不幸成为杨肖的试菜员。她明明只是想吃一顿普通的、美味的法餐，但她的红酒烩蜗牛里总是会奇怪地多出花椒，奶油鸡胸肉里也会冷不丁出现菠萝，虽然不难吃，但对于完美主义者赵莱来说实在是有点难受。

没错，就读于金融系，有华尔街工作经历，爱好是喝咖啡和运动，这样的赵莱其实真真实身份就是袁林等待了很久的米其林评审员。

她在华尔街工作的时候常常因为太忙而错过午餐，因此吃晚餐成了她每天最重要的事情。她不仅会挑选评价高的餐厅，还会建立自己的选店标准，对店内的菜品挑剔又讲究，时间久了大家都知道她对吃的很有研究，也很相信她的品位。

后来她从证券所离职，想要休息一段时间，朋友就邀请她来当米其林评审员，反正她也要休息，心想不如就发挥一下爱好的余热。

如今她做米其林评审员已经快两年了，她对这个与自己专业毫不相关的新工作很适应也很喜欢。她平时发掘新餐厅的方式都是骑车穿梭在各个街道，靠直觉来寻找隐藏在角落里的美味餐厅。

半个月前的一个下午，她刚去完冲浪体验店准备回家，绕过一个陌生街道时看到一家不错的咖啡店，在店里喝咖啡时才注意到对面有一个由青色围墙与木门围绕起来的餐厅，从招牌来看应该是法餐。

这家店的装修风格是赵莱喜欢的，她正想着下次可以过来试试的时候，门开了，里面走出来一个女生。女生穿着厨师服，一边打哈欠，一边将长发扎好盘起，伸了个懒腰后又回去从里面捧出一个椰子蹲在路边喝椰子汁，一点都没有法餐厨师的样子。

虽然分开很多年了，但赵莱还是一眼就认出那是杨肖，她没想到两个人会重逢在这样的场景中，也没想到杨肖居然真的成了一名厨师。

她本想上前去打个招呼，但喝着椰子汁的杨肖忽然站起来骂骂咧咧地穿过街道。

赵莱以为杨肖也看到自己了，结果杨肖只是走到咖啡店前，抬脚踢了一下路边的一个男生："有没有公德心啊，烟蒂怎么就扔地上,捡起来!"

男生愣了一下,默默低下头捡起烟蒂,杨肖抬手指向不远处的垃圾桶,男生连忙往垃圾桶跑去。直到烟蒂被准确扔进垃圾桶,杨肖才收敛起表情,穿过马路回到店门口蹲下来继续喝椰子汁。

这突兀的一幕让赵莱打消了上前的念头,她觉得今天大概不宜叙旧,于是默默举起手机,将餐厅与杨肖一起圈进自己的镜头里并发了一条朋友圈:下次见。

杨肖不待见自己赵莱已经猜到了,只是没想到杨肖会给自己这种特殊对待,但她作为米其林评审员,每次都吃到这种非常规菜品可没法写评价啊。

于是当赵莱再一次在鹅肝里吃到孜然后,她觉得自己必须和杨肖谈谈了。

"我可以见一下主厨吗?"赵莱问袁林。

袁林为难:"主厨做饭的时候可暴躁了,你确定要见?"

赵莱点头:"没关系,我也是见过的。"

"既然是这样,那来吧。"

袁林带着赵莱去后厨,从窗户里看去杨肖正在里面有条不紊地工作,但熟悉杨肖的人都知道她平时有多懒散,她得憋着一股劲才能显出有条不紊的劲头来,此时任何外在因素都会被她视为打扰。

袁林小心翼翼地推开门探进去一个头:"杨肖,有位客人想见你。"

杨肖皱着眉抬起头,目光凶恶地看了她一眼,只一眼,袁林就默默地把头缩回去了。

赵莱还没等她说话就体贴地开口："我等着就好。"

袁林看着衣着精致又优雅的赵莱实在有些好奇。她和杨肖从高中就是同学了，大学虽然不在一起但关系依然亲密，可是这么多年她从来没听杨肖提过赵莱这个朋友，就连杨肖小区的门卫她都听说过几件趣事，可赵莱这样耀眼的人物却从来没出现在杨肖的嘴里。

"你和杨肖怎么认识的啊？"袁林问。

赵莱思考了一会："她踹我的车。"

"啊？"袁林怎么也没料到是这种展开，表情一下子没绷住。

赵莱也笑起来："大学的时候有一次我骑车出去买东西，临时把车停在路边，出来的时候看到有人在踢我的车，我就上去问她，她冲我嚷嚷，说我把车停在盲道上了很没有素质。"

乍听起来有点离谱，一想到是杨肖干的事，又觉得合理起来了。

袁林忍不住在门外大笑，立刻就听到杨肖在里面大喊："外面的人给我走远点！"

袁林捂着嘴拍了拍赵莱的肩膀后欢快地离开了，赵莱想了想也没有继续等下去，只是回到餐厅前台借了笔，在餐巾纸上写下了自己的联系方式。

等杨肖忙完一切困倦地推开门时，冷不丁看到门口贴了一张餐巾纸，上面只有一串数字以及赵莱名字的首字母缩写，留言虽然简单，但配上华丽的笔触倒像是一个漂亮的装饰。

杨肖扫了一眼本想无视，但走出十米远后还是折返回来，速度很快地把餐巾纸拽下来塞进口袋里，仿佛慢了一步都会显得自己太过于在意。

05

虽然拿到了赵莱的联系方式，但杨肖却没有主动联系过，即便她也有些好奇赵莱那天想跟自己说什么。因为她觉得没有必要急于一时，毕竟按照赵莱来的频率，下次见面应该不会太远。

随着九月的过去，天气逐渐凉了起来，在经过一系列挫折后袁林终于放弃了寻找评审员，杨肖也终于得以恢复以前懒散又舒适的生活作息。这时的她才后知后觉地意识到赵莱似乎再也没来过了，没有冲突也没有解释，就像风吹过山林那样自然又平淡地消失在杨肖的世界里。

那张写着联系方式的餐巾纸被她压在果篮下面，显眼地存在着却又被刻意忽视，就像杨肖心里逐渐涌起的对赵莱的好奇与不满。

"看你精神不济的，给你买杯咖啡吧。说吧，喝什么？"袁林看杨肖趴在二楼阳台上吹风，一边搂着她一边调侃。

杨肖想也不想："瑰夏。"

袁林大惊："你居然知道瑰夏，是我低估你了。"

杨肖却一把推开她，抬手把长发整齐地绾好就下楼去了，袁林跟在她后面问："到底喝不喝啊，瑰夏？"

杨肖大声地回答她："不喝！"

帮厨在厨房备菜的时候看到杨肖风风火火地走进来把一张纸贴在了柜子上，帮厨抬头看过去也只看到一串手机号，他奇怪地问："是有人订了外卖吗？"

杨肖一边整理厨师服一边说："没什么，就是想提醒自己别忘了打电话。"

袁林跟着进了后厨："今天有个公司订了团建餐，我们得准备快点，杨肖你打起精神啊。"

杨肖头也没回："你就别操心了。"

在她们餐厅里组织团建活动并不是什么稀奇的事情，但意外的是这次团建来的人比预定的要多出不少，原本准备好的食材完全无法应付这么多人。忙到后来连杨肖都被迫和帮厨一起备菜，才在混乱中将这场团建给应付过去，但随之而来的疲惫与困意席卷了杨肖，等她走出餐厅才反应过来，自己好像忘记给赵莱打电话了。

都这么晚了，而且电话号码还贴在后厨的柜子上，杨肖知道最理智的选择就是赶紧回家睡觉，明天早一点来餐厅再联系赵莱，但不知道怎么的，她今晚非常想听到赵莱的声音，想知道赵莱那天想和她说什么。于是鬼使神差地，她走回了餐厅门口，还没拿出钥匙就听到了自行车的铃声，很近，好像就在身边。

她转过身，赵莱就坐在单车上看着她。赵莱瘦了一些，笑起来的时候脸上甚至还出现了一个梨涡，她穿着得体的西装裤与蓝色收腰衬衫，看起来像是工作刚结束。

"因为错过了晚饭，就想着能不能找认识的厨子帮忙弄点夜宵，看来这里是不行了。"赵莱的语气里充满遗憾，但好像一点都不失落。

夜宵？高级餐厅的法餐厨子能给你弄这种东西吗？

杨肖瞥了她一眼："打烊了，吃个鬼。"

赵莱从善如流地点头："是啊，已经做好饿着肚子回去的准备了。"

听着没什么毛病，但仔细琢磨全是陷阱，杨肖就是那个累到

253

没脑子直接掉进陷阱里的人。她叉开腿坐在了赵莱的自行车后座上："得了,不就是想让我给你做饭吗?走呗,去你家。"

赵莱刚扶好车把手就感觉杨肖把脸颊靠在了自己背上,声音闷闷的:"别把我摔了啊,摔了就没夜宵吃了。"

赵莱觉得这样不太安全,于是提醒她:"你要不要抓着我的衣服?"

杨肖忽然变得凶巴巴的:"磨磨唧唧的,还要不要吃东西了。"

赵莱没了脾气,只能尽量放慢车速把人载回家,路上还要接受来自饿到心情极差的杨肖女士的质问:"怎么最近都没来,觉得我做的东西不好吃吗?"。

夜风将赵莱的长发吹起,她的声音在风里变得有一些模糊,她说:"很喜欢吃你做的东西,但我意识到我再待下去就没法开展我的工作了。"

杨肖才不信,她嘀嘀咕咕:"你一个做金融的,我怎么干扰到你了。"

赵莱犹豫了一下最后老实说:"其实我,就是那个要来你们店的米其林评审员。"

杨肖半晌没反应,赵莱刚准备上一个坡,忽然感觉车子被拉住。她单脚踩在地面,回过头就看到杨肖双脚蹬着地面,双手抱着胸一脸不悦。

赵莱心想坏了,暴躁道德标兵要开始训人了,果然杨肖一开口就是质问:"怎么不告诉我?"

赵莱心里想着你也没问啊,但嘴上只能回答:"没机会说,也不能说。"

这是实话,所以杨肖没有反驳,她抬了抬眼问了第二个问题:

"现在怎么说了，我们餐厅的评审结束了？"

没想到赵莱却摇了摇头，她说："我在你们餐厅就没吃过正常的餐食，实在没法评。"

这也是实话。

杨肖心里一阵尴尬，要是让袁林知道自己餐厅错过米其林评审的理由居然是这个，会不会把她按进厨余垃圾桶里。

她捂着脸摆了摆手："别说了，赶紧走吧，我真的要睡着了。"

赵莱看到她的神情就知道她没说谎，于是让她抓着自己的衣服："这是个上坡，你最好抓着我，不然重心不稳容易跌倒。"

杨肖没有丝毫抗拒就整个人都贴了上来，温温热热地靠在赵莱的背上，大概是因为累了，她几乎将整个身体都靠了过来，连呼吸都变得缓慢。

当赵莱骑着单车载着杨肖穿过夜晚的小巷时，她忽然觉得这个场景似曾相识，同样是累到快睡着的杨肖，同样靠在赵莱背上，同样是回家，可是这其中却是隔了好多不相关的时光——她们在分开前行了那么久后，很奇妙地重新生发出了与过去相似的交界点。

06

当打着哈欠的杨肖从厨房里端出一碗平平无奇的生滚牛肉粥时，赵莱正在收拾屋子。她确实瘦了很多，这么一个看起来不健康的人居然能一路把杨肖载到家里也挺神奇。

将粥放在桌上后，杨肖倒进沙发里，她懒懒地躺着："刚差点就睡着了，你骑车怎么不稳啊，我好像撞了好几下你的背。"

赵莱佯装揉腰："怎么有人头这么硬，刚感觉有人拿榔头在捶我。"

杨肖立刻把腰间的抱枕扔了出去，砸在了赵莱身上。赵莱也没生气，她把抱枕重新塞回杨肖怀里，这才坐到餐桌前准备喝粥。

这时杨肖问她："欸，我们餐厅评星真的没希望了？不能再给个机会吗？"

正努力把生滚粥吹凉的赵莱抬头看她："那倒是不一定，我觉得一定会有其他评审员发现你们这个餐厅的。"

杨肖垂着眼睛漫不经心地问："你为什么不行啊，你失去味觉了？"

赵莱刚吃完一勺粥，嘴角瞬间就上扬了，她舀起第二勺时才想起回答杨肖的问题。

"嗯。"她点点头。

杨肖盯了她一会儿："赵莱，你知道你不会撒谎吗？"

赵莱尴尬地笑了下，低着头继续吃粥，一直到粥见了底似乎才酝酿好了措辞，可是一开口却说了一句不太符合她身份的话："这是我吃过最好吃的生滚牛肉粥。"

"啊？"杨肖不可思议地看着她，这是她用冷冻的牛肉做的，材料简陋，加上刚才太困了，也没认真调味，能吃是肯定的，但好吃大概率算不上。赵莱这么一个尝过多少米其林餐厅菜品的评审员，居然会对这么简单的一碗粥给出这种评价？

赵莱却不像是在开玩笑，她无奈地歪了歪脑袋，难得露出了有些孩子气的表情："那天我从你店里离开后遇到了一位认识的美食编辑，她问我觉得你们餐厅怎么样。我那时候想了很多回答，比如用料和其他法餐厅的对比，比如就餐环境，比如性价比和人气。

可是……"

　　说话间赵莱看了杨肖一眼,她继续说:"可是我发现我没法理智地去评判你做的东西,哪怕你从来没给我做过一次像样的法餐,每次吃你做的东西我还是觉得很好吃,很开心。"

　　"养老院那次也是吗?"杨肖问。

　　赵莱没有犹豫地说:"也是。"

　　杨肖斜靠在沙发里,眉眼弯弯的,脸上全是得意还要憋住笑,哼哼唧唧地说:"啊,私心好重一女的,好可怕啊。"

　　虽然感觉自己被调侃了,但赵莱将碗往前推了推,也学她笑得见牙不见眼。

　　"是啊。"

End

她是我的灯塔，
是我命中注定的动力源泉。

　　　　　　F A N Y I C I

最佳憧憬

最佳憧憬

文 / 芭蕾飞狗

梦想化身打字机。

01

编辑小豆：老师！！！快截稿了，你加快速度啊！

编辑小豆：我们后期要跟上的呀！宣传图都做好了，您不能在拖了啊！

最近天气转冷，如果不是联名蛋糕太可爱，丁九秋也不会在这种天气出门买蛋糕。

毕业季，楼里新住户比较多，经常有人拿着大件行李进进出出。她挤进电梯，点开手机回编辑发的新消息。

电梯的玻璃映出女孩的脸。

丁九秋学艺术十多年，大学还没毕业就投身于漫画事业，短短几年就跻身国内漫画家前列。一般人听说她是画漫画的，都会先入为主地认为丁九秋画的是少女漫画。毕竟丁九秋个子不高，

杏眼桃腮，无论是身高、相貌还是打扮，都非常贴合甜妹这个标签。

但她对少女漫画毫无兴趣，反而是和一众男性漫画家在恐怖剧情漫画赛道里竞技，其作品已经连续三年蝉联第一了。后续推出的无论是单行本还是IP衍生周边都是金字招牌，横看竖看都配得上天才少女漫画家这个称号。

对丁九秋的编辑小豆来说，这位老师哪里都好，就是太爱拖稿了。就像学生时代那种喜欢踩点上学的学生一样，每次都要逼得编辑紧张到不行才给消息。甚至有时候截稿日等到的不是稿子，而是丁九秋的请假条。

电梯上行，丁九秋慢吞吞地回复编辑：快了。

编辑小豆：您最好是。

丁九秋：等我吃完蛋糕就画。

编辑小豆：老师你是不是又把甜品当饭吃了啊？

丁九秋：不至于。

她连回复都特别冷酷。长了一张可爱脸的丁九秋性格高冷，更不擅长交际，从小到大别的小孩聚在一起玩，她就喜欢一个人待着，觉得发呆都比说话强。

编辑小豆：不过老师你要是身体不舒服要及时就医啊！

比起其他漫画家，丁九秋要说省心也很省心，漫画质量永远稳定，也没有什么互联网黑历史，更不会闹幺蛾子。她作画从不敷衍，不用编辑催促也会自己开直播，还会主动画相关的插图，这些全都可以算是宣传的方式。

更没有什么绯闻——这样的女人，太过优秀，好像对什么人都没有任何兴趣。比起恋爱，编辑部的同事更希望有个人来照顾这个生活方面废柴的漫画天才。生活能自理的人独居是好事，不能自理的，怎么看都不靠谱。

　　丁九秋被编辑关心了也脸色如常，回完消息正好电梯到了二十四层，她刚要挤出去，人群里有个小孩推了她一把——她特地出门买的限量款像素蛋糕掉在了地上。

　　丁九秋已经走了出去，只能愣在原地。电梯马上就要关上，下一秒有人按住门，顺便把那小孩拎了出来。

　　"干什么呢！"小孩的家长嚷了一声。

　　把小孩拎出来的女人个子很高，穿着职业套装，红唇雪肤惹眼得很，看上去刚下班的样子。刚才在电梯里丁九秋就注意到了她，没想到长得如此高冷的女人居然还挺热心肠。

　　"你嚷嚷什么呢，小孩把人家蛋糕弄坏了还有理了？"

　　话音刚落，女人顺势把家长都拎了出来，男人看上去还没这个女人高，气势上输了一截，看上去跟鹌鹑一样。电梯里的乘客面面相觑，直到那女人松开了按住的开门按钮，电梯门才关上。

　　那男人说："我赔钱可以了吧？"小朋友一言不发，躲在了爸爸身后。女人看了眼站在一边的丁九秋："你觉得怎么样？"

　　从女人出手开始，丁九秋脑子里就全是自己新作中卡了很久的未登场角色，好像所有的线索和标签都被串在了一起，活像炮仗在她脑门噼里啪啦。

　　灵感来了她什么都顾不上，打开家门进去了，一时间气氛有点尴尬。

　　女人也不生气，对男人说："赔钱。"

　　等丁九秋在电脑前补了一大页的角色资料后，她才反应过来自己好像把"素材"本人忘了，但电脑的时间指向了晚上十点半，

她打开门，人早就不在了。

不过丁九秋看到了门外放着的同款蛋糕，蛋糕上还有一张便利贴，看得出是从便笺上随便撕的，上面写着——

小孩的家长赔了钱，我本来打算转给你的，但是你又不开门。买了一个新的给你，希望你不要介意。

——对门2401的邻居

2401？对门？

丁九秋忍不住看了一眼对面，印象里一直没人住，是最近搬进来的吗？

丁九秋很少出门，更不知道整栋公寓楼里每天来往的都是什么人。她的世界里只有漫画，她对现实生活并没有什么探知欲。如果不是姐姐丁夏送了两只猫，让她稍微有了点责任心，她可能会一直这么无知无觉地活下去。

她是读者眼里的天才，也是亲人眼里不好好生活的糟心糊涂蛋，更是编辑眼里危险满级、需要隔三岔五嘘寒问暖生怕人没了的生活"废物"。

天才本来就可以和笨蛋互为反义词，比如现在，丁九秋也没什么警惕心，就这么拎着蛋糕回去了。

她想：改天再谢谢对方。

02

这个改天一改就过了一个多月。

从初秋到初冬，丁九秋漫画的新角色大受欢迎——表面冷艳高贵、实际上热心肠的御姐，美若天仙魅力无穷，但不会给人一种疏远感，正好踩在受读者欢迎的点上，词条搜索量飙升，丁九秋的名气再度攀升。

而当事人毫不知情，交完稿就昼夜不歇地打游戏，靠吃外卖混过每一天。只要在固定时间扔垃圾、打包换猫砂，每天都可以是昨天。

但丁九秋的身体出了问题。

在熬了一个大夜画好新一期草稿后，她被突如其来的胃疼打倒，凌晨爬起来准备打车去医院看看。丁九秋几乎是弓着腰出门的，睡衣外囫囵套了一件羽绒服，连拖鞋都忘记换就去摁了电梯。

胃部的痉挛连胃药都难以解决，丁九秋头晕又想吐，还没等电梯门开，人已经靠着墙缓缓滑下，眼前一黑，快要歪到一边去。

电梯正好在这个时候停下，阮霜加完班回来，打算泡个澡，没想到一开门一个人影就在她面前栽倒。她吓了一跳，急忙把人扶起来——是对门那个不见踪影的小邻居。

那天之后阮霜就再也没见过对方，如果不是门口偶尔出现的外卖盒，阮霜都要以为对面无人居住。不过门口也有男士的运动鞋，她猜对方可能是和男朋友同居的小年轻。

"你怎么了？"

丁九秋迷迷糊糊中闻到了好闻的香水味，是那种不会让人头晕目眩的，她努力辨认了一下扶着自己的人，发现是上次的好心人，顿时有些安心。

女人无论是第一次见面还是现在，都有种非常利落的精英感，可她并不疏离，甚至很温柔，现在简单的一句关心居然让丁九秋有点想哭。她想：我是不是一个人待久了，所以今天尤其脆弱？

下一秒她抓了抓对方的围巾，轻声说："可不可以帮我叫个

救护车？我……我疼。"

丁九秋长得可爱，性格高冷，有点像那种怎么也养不熟的猫，但她天生声音脆甜，再加上被痛意裹挟，脆弱涌上眉眼，很容易激起人的保护欲。

阮霜把人搅了起来，看丁九秋跟虾一样非得蜷着才舒服，干脆把人背了起来。丁九秋吓了一跳。

阮霜："我送你去医院，看你路都走不了了。"

这个点电梯没什么人，两人很快就到了地下车库。

直到被塞进副驾驶座，丁九秋还是蒙的。她痛得实在没办法思考了，脑子里一片模糊，什么素材大纲轮番在脑子里转，一会儿担心被丁夏知道了又要挨骂，一会儿害怕自己下一秒要完蛋。

她想：我连载还没画完呢，这么没了怎么办？这不是纯纯烂尾了吗？

她又想起小时候住同一栋楼的姐姐。那年丁九秋七岁，父母因为事故去世，她跟了大伯，跟大自己五岁的姐姐丁夏住在一起。

以前的房子有很长的回廊，那个姐姐是个学艺术的高中生，估计在准备考试，老能看到她背着画板或者拎着画箱从走廊经过。

那是暑假，丁夏因为升学要上补习班，丁九秋就一个人待在家里。她不爱说话，也不喜欢和小孩在楼下玩，更不喜欢看电视。

大概是丁九秋总是趴在窗前看自己，那个背着画板学画画的高中生终于和丁九秋搭话了，问丁九秋："小妹妹，你总看我做什么？"

丁九秋看看她的画板，又看了看她那长长短短的笔，没说话。

后来的半个暑假，丁九秋成了对方的跟屁虫，看对方画画，偶尔自己也拿起笔来画。

丁九秋没系统地学过画画，她是大家眼里的天才，大学学的不是艺术专业，却已经因为在网上发布作品小有名气。

采访问起时，丁九秋总说自己有一个引路人。可她忘了问对方的名字，只知道有点难写。

在这段因为疼痛而直冒冷汗的车程里，陌生的好心邻居一路照顾，丁九秋突然觉得对方好熟悉。好像曾经也有这样一个人用掌心抚摸她的额头，给她捋好头发，说你还小，需要休息。

阮霜看着咬住嘴唇闭着眼的女孩，问：“你叫什么名字？”

痛会流泪，丁九秋再高冷也止不住，眼泪被人温柔地擦去，她下意识地抓住阮霜的手：“我叫……啾啾。”

不是秋秋，那个人是这么喊我的。

阮霜愣了。

03

当红的恐怖漫画家九啾贴出了两周的请假条。

读者群里哀鸿遍野，但也生怕干这行的作者不知疲倦哪天真的出事，又纷纷到丁九秋的微博底下送上了最真挚的祝福——

九啾老师，你找个厨子给你做饭吧！不要在厨艺上继续努力了！

编辑说九啾老师因为身体原因住院，不会是吃自己的饭进去了吧？

大家还是要注意身体、规律生活、多多运动啊！说的就是你啊，九啾老师。

因为胃出血住院的当事人躺在病床上，面无表情地听着编辑

小豆念精挑细选出来的读者评论，另一边驱车赶回来的丁夏正在切苹果。

丁九秋："我明天就要出院了，为什么还给我念这种负面的评论？"

小豆："丁老师，这哪里是负面评论，这是读者满满的爱啊！"

丁九秋的姐姐声音温柔，但说话刻薄："这就是你和我说的好好吃饭好好生活？把自己搞得胃出血住院了。如果不是人家阮小姐热心肠，你可能都死在家里了！"丁夏说话的时候还面带微笑，"然后你也不告诉我，我还要上网才能知道你生病了？"

丁九秋很不擅长应付这种情况。

她虽然父母双亡，但自认为身心健康，跟着大伯一家长大也没有缺少关爱，只是白长了一张过年能多收红包的讨喜脸蛋，实际上有点"关怀过敏"。

这也是为什么丁九秋没像大家以为的那样画少女漫画——她实在是难以想象那些浪漫甜腻的桥段被精心设计在生活的偶然里，恐惧和惊悚反而能让她提起兴趣。

丁九秋："你想太多了。"

丁夏怒了："你看看人家阮小姐，都是学艺术的，人家是在写字楼上班的设计师，看上去精神满满，你呢？"

"你们差别也太大了，我还以为搞艺术的都得一个人住、不吃饭、一身毛病呢，可是人家阮小姐看上去就很积极向上啊，哪像你垂头丧气的。"

因为丁九秋是阮霜救下来的，丁夏对阮霜印象很好，在得知对方的公司甚至和丁九秋隶属的漫画公司就在相邻的两栋楼上后，更是无比激动，甚至对编辑小豆提出了让丁九秋坐班的要求。

丁九秋直接拒绝："我不要，我一个人挺好的。"

丁夏："你的好就是胃出血住院？"

丁九秋刚要反驳，这个时候有人敲了敲门，一个身材高挑的女人推门进来。

阮霜长得实在好看，完全符合大家对都市丽人的刻板印象，就是长得过于冷艳，薄唇很容易让人产生她很薄情的错觉。但接触后会发现她的性格完全不像长相那样高冷，甚至过分温柔。

阮霜一来，丁夏就换了一副表情，笑眯眯地打了声招呼。

阮霜："聊什么呢，我在外面都听到丁小姐的声音了。"

还没等丁夏说话，丁九秋就说："我姐让我去上班。"

丁夏："我的意思是你需要调整作息，你在家能纠正吗？"

丁九秋就没上过班，也不喜欢出门，在家都不爱开灯，偶尔小豆过去都感觉自己进入了沉浸式密室。

阮霜过来的时候，小豆自动退开借口有事走开了，她看到阮霜的第一眼就想到丁九秋漫画里的新角色——一个给了女主角所有的爱和力量、长得高冷但非常热忱的御姐。

小豆想，这个阮小姐不会就是九啾老师新的缪斯女神吧？结合她们两个的关系，看起来好像隔壁少女漫画的桥段——陌生又熟悉的邻居，品牌设计师和天才漫画家，深夜开车送医，现在还精心照顾！

逆光坐着的女人总让丁九秋想到小时候那个姐姐，可是时间过去太久，丁九秋实在记不得对方的相貌和名字了。

她也不是没试着画出来，可是脑海里相处的画面总是很模糊，鲜明的反而是对方手把手教自己画画时温暖的触感，它让小女孩

长大后念念不忘，甚至投射在自己的作品里。

阮霜："九秋本来就有自己的生活节奏，强行让她去坐班也不一定是好事。"她帮丁九秋说话。

丁夏叹了口气："我真的很担心她的身体，可是工作又走不开。"

阮霜："这样吧，我以后早起锻炼带上她。"

丁九秋却面露难色："早起？我很晚睡的。"

阮霜笑了笑："没关系，我可以督促你早一些睡觉，我听网友说你有拖延症？"

作为这一行的知名人物，偶尔也挺没隐私的，丁九秋叹了口气，蔫蔫地点头。

丁夏："那会不会太麻烦你啊，打扰你工作或者和男朋友交往之类的。"

丁九秋竖起了耳朵，据她这段时间的观察，阮霜看上去不像有对象的。

阮霜笑了笑："我单身，不碍事的。而且——我也很喜欢九秋的作品，九秋老师很厉害。"她还冲丁九秋眨了眨眼。

丁九秋突然有点不好意思，垂了垂眼，企图遮住自己燥热的脸颊。

丁夏高兴地说："那我们九秋就交给阮小姐你了啊，拜托了。"

丁九秋想：这是在说什么啊，搞得好像她生活不能自理一样。

04

阮霜和丁九秋完全不是一类人，从外表看不是，从生活作息、饮食习惯上看也完全不是——一个是超乎寻常地自律严谨，一个是近乎放纵地随意胡来。

　　认识阮霜之前，丁九秋以为自己这辈子不会跟这类人有过多接触。毕竟早起早睡、按时吃饭、每天运动听起来就跟漫画家完全不沾边。而阮霜一个同样也是学艺术出身的设计师，竟然能过得如此规律。

　　丁九秋出院后休息了一段时间，她加了阮霜的微信，从此收获了一个定时叫自己起床的人形闹钟。最后发展到连家门的电子密码也告诉了阮霜，为的就是早上能多睡几分钟。

　　从早起开始，丁九秋逐渐发现自己和阮霜的生活轨迹重合了。

　　阮霜并不是普通的设计师，而是公司的设计总监。她工作很忙，但不代表不会照顾自己，更何况现在还多了一个需要照顾的对象和晨跑的跟班——每天早上阮霜在前面跑步，丁九秋在后面慢吞吞地走路。冬天的清晨好冷，丁九秋没想到自己还有这种时候。

　　不同于丁夏的关心，阮霜像一个拆积木的人，一点点地拆掉了丁九秋高高竖起的心墙，敏锐地察觉到了家人都没察觉到的、属于丁九秋的心病。

　　丁九秋不只对关怀过敏，还对善意过敏，与其说她讨厌这种关心，倒不如说她害怕。

　　而这总是让阮霜想到当年那个一个人留在家里、隔着窗玻璃看自己的小女孩，那个生了一双好看的眼睛、没人会不喜欢的小女孩。

　　阮霜认出了丁九秋，但丁九秋好像没认出她。

　　小女孩长大了，长成了一个被很多人喜欢的漫画家，看着却仍然和当年如出一辙的孤独。她不光不好好吃饭睡觉，做个饭就算照着教程来也能炸了厨房，更别提拖个地能把自己后脑勺摔出

一个肿包。

桩桩件件都体现了这人虽是个完美的漫画天才，却也是个让人无奈的生活"废物"。

阮霜十七岁时父母离婚，她短暂地在小姨家住了半个暑假，等待大人们的协商结果。

她从小独立懂事，也很擅长照顾人，就是长相不太温柔，眼睛又过于上挑，看人的时候仿佛自带傲气，让人觉得不是很好相处。加上声音也不似寻常女性温柔，因此大部分男人都不敢接近她，不过这让阮霜更自在了。

她活得坦然，喜欢随遇而安，从来凭心而行，丁九秋是第一个让她发自内心想要照顾的人。就如同当年第一次见面，她看着窗户里的小女孩，问："小妹妹，你总看我做什么？"

小妹妹长得讨喜，但不爱说话，与其说是玩，不如说是陪阮霜画画。她眼神认真，完全没意识到自己当了陪伴者，陪伴一个少女度过了因为父母感情破裂还是会难过的那段时光。

但阮霜没想到，长大后的她可以把生活过得如此糟糕。

05

丁九秋有一个秘密，但要说秘密也不太正确。因为网上已经有读者察觉到她状态不太对劲了。

丁九秋对此心里想：观察很敏锐，但是没有用。

她很痛苦地发现自己成了自己之前最讨厌的人，因为她控制不了自己去靠近阮霜。

阮霜是一个对时间有绝对控制欲的人，不像丁九秋明明第二天要交稿，前一天还在疯狂打游戏，所以一开始她们其实磨合得不是很好。

想要按时吃饭，却一次次搞砸做饭这件事，让丁九秋最后变成了一个蹭饭人。

本来每天中午是和同事一起吃饭的，因为丁九秋，阮霜又找回了最初带饭的习惯。她每天下班时给丁九秋发消息，叮嘱对方把饭煮上，顺便问问明天想吃什么。

天气很冷，不愿意出门的漫画家九啾会在晚上出门，逆着下班的人潮，到阮霜的公司楼下等着。

她的社交平台上不再只有工作，也开始像其他漫画家那样有了生活的模样，是早晨的湖面，是中午煮坏了的面条，又或许是晚上电梯里和主人一起下楼的狗狗。

一部分读者还以为丁九秋要放弃恐怖漫画，改画少女漫画了。

圣诞节那天，丁九秋特地发消息给阮霜："我们晚上一起出去吃怎么样？"一个多年来对节日毫无期待的人开始有了期待，也是另一种生活方式的开始。

丁九秋和世界那层若有若无的隔膜被阮霜日复一日的陪伴给撕开了，后果就是她在面对阮霜的时候很容易卸下心防。

06

"阮总监，今天有安排吗？要不要一起去吃个饭？"

同事才刚发出邀请，下一秒阮霜的手机收到了新消息。

啾啾：阮霜姐姐，我们晚上一起出去吃怎么样？

啾啾：我已经在你公司楼下了。

这不是丁九秋第一次来公司接阮霜，比起接，其实更像是等阮霜回家，等阮霜开车和她一起，要么去超市采购一趟，要么去路边的花店买一束花。

　　一般买完东西回去后，丁九秋会很自然地打开阮霜公寓的门，炫耀自己煮好了的米饭，吃了饭又要赖一会儿，等阮霜催促她了才不依不舍地回去。

　　也有留宿的时候，某个周末丁九秋就因为喝多了趴在沙发上睡着了，醒来躺在阮霜的床上，陌生的房间吓得丁九秋脸色爆红，几乎是连滚带爬地下了床。

　　设计组组长看阮霜的神色有些异常，体贴地问："是您的妹妹今天也来了吗，要不要一起？"她笑了笑，"今天是圣诞，小组的实习生都打算带男朋友一起。"

　　公司同事第一次看到阮霜的时候，都觉得她简直是完美的职场女性代表，看上去高冷，但做事利落、公私分明，相处起来也很舒服。

　　阮总监单身，朋友圈晒出来的生活痕迹也很完美，但最近不太一样，她的朋友圈出现了风景以外的人。是个女孩，看上去年纪不是很大，没有正脸，通常是个背影，气质和穿搭不符，有种矛盾的美感。

　　阮霜看着丁九秋不断发过来的表情包，勾了勾唇角，那张垂眼都显得过分美丽的脸越发生动："我问问她，你们先去吧。"意思是不一定去。

　　组长点了点头："地址在总群，您点开就可以看到。"

　　阮霜："谢谢。"

一群聚餐团建的人下楼还是看到了丁九秋，这位公司最近的热门人物之前没露出过全脸。哪怕这个公司也有丁九秋的粉丝，但不是每个粉丝都会关注漫画家的相貌，因此并没有人认出她来。

今天天气很冷，丁九秋站在楼下，远看像个女大学生。她穿着羊绒的格纹长裙、小皮鞋，搭黑色的短毛呢也不显老气，配上柔顺的长发，看上去有种清纯的稚气。就是走得太急，没戴口罩和围巾，出了地铁站在楼下有点冷，丁九秋忍不住缩了缩脖子。

远处团建的同事假装若无其事地经过。

新进公司的实习生还在刷微博，正好关注的微博漫画家九啾发了圣诞贺图，是正在连载的漫画。一脸颓废却武力值爆棚的女主和新登场的高人气御姐站在一起，两人属性完全相反，却靠在一起自拍。照片上，她俩身高差完美，背后是圣诞的初雪，节日气氛十足。

底下有人评论：九啾老师今天有安排吗？

漫画家回复：有的，要和好朋友出去吃饭。

大家都知道搞创作的很多作息不规律，也很容易出精神方面的问题。

天才漫画家九啾刚出道的时候，大家都下意识地以为她是男生。因为画恐怖漫画的本来就男生比较多，而且她话很少，无论是接受线上采访还是在社交平台上都表现得非常高冷，也不爱分享生活。

第一次签售露面的时候很多人都很惊讶，因为她实在是太年轻可爱了。

那年的丁九秋刚上大学，长得很甜，笑起来更甚，只是依然冷淡——这倒符合她的创作风格。因为长得不错，九啾的名气更大，

新入坑的读者多半看过她签售时留下的经典照片。

这个时候周围喧嚣，实习生刚刷完丁九秋的微博，一抬眼恰好瞥见了站在路灯下的女孩。实习生震惊地看向丁九秋，又搜了搜九啾的签售照片。现在路灯下的女孩穿搭用心，不同于签售时都着装随意，一看就花了心思。

不对啊，我居然偶遇了喜欢的漫画家？

等等，我喜欢的漫画家居然天天接我上司下班？

其他人眼睁睁地看着实习生冲向那个等总监下班的女孩，然后虔诚地从包里掏出纸笔，要了个签名。

阮霜下来的时候刚好看到丁九秋在签名，站在她身边的是新来的实习生，咧着嘴一直在说话。丁九秋神色淡淡，和平时赖在自己家不肯走的样子完全相反。

阮霜问："怎么了？"

丁九秋把本子还了，一脸笑意地看向来人："她说是我的读者，让我签个名。"

实习生怕阮霜怕得要死，虽然知道总监其实并不高冷，但还是有点天然的害怕。这个时候不知道通了哪一窍，想到漫画里那个人气爆棚的新配角，又胆大包天地看了眼总监，心想：这不会是原型吧！好像发现了什么不得了的事情呢！

阮霜点头："我同事她们要去团建，你要去吗？正好是你想去的那家烤肉店。"

丁九秋的笑容僵住了，不情愿表现得很明显，就算她被阮霜温水煮青蛙地拽入了现实生活，也依旧很排斥和人接触。

这个时候同事中有人却接了话："阮总监，这是你妹妹吗？你们长得有点像呢。"

丁九秋先是因为妹妹这个称呼愣了一下，下一秒又因为"像"勾了勾唇。

阮霜揽着丁九秋的肩，她本来就高，踩着高跟鞋更是高挑，凑得近了，她身上的香水味萦绕在丁九秋的鼻尖。

阮霜答："是邻居，住在我对门的邻居。"她笑了笑，补充道："也算我的妹妹吧。"

丁九秋突然觉得好冷。

阮霜又问："去吗？"

丁九秋哼了一声："你自己去吧！"

07

最后阮霜还是没去。她和丁九秋在路边走着，圣诞节的气氛很热烈，好多店铺门口就摆着圣诞树。丁九秋一言不发，阮霜走在她边上。

丁九秋还是没忍住，问："你为什么不去参加团建？"

阮霜笑着说："我怎么忍心丢下你去团建？"

这话说得有些挠人，丁九秋抿了抿嘴，她从小到大独来独往惯了，也没什么朋友可言，什么少女心事也与她无关。如果翻丁九秋的通讯录，上面除了亲戚就剩下编辑，好像她过去二十多年的人生实在是乏味，所有的惊心动魄都在作品里。

丁九秋深吸一口气："我只是你的邻居，没必要不忍心的。"她没意识到自己的语气带着点赌气，结合天生的甜嗓，听起来挺像撒娇。

阮霜问道："那你希望我是你的谁？"

她们还在路边走着,远处广场上还有人在卖气球,也有路过的情侣买下,捏着绳子飘飘荡荡地晃。

之前的丁九秋对少女漫画里的情节嗤之以鼻,觉得太过悬浮,全是骗局,可现在她好像觉得还不错。

她和阮霜的相遇也很漫画式,无论是电梯相助,还是深夜送医,又或是交换密码,晨起的早安,冷风中的晨跑,周末的电影……都太温暖了,它们扫去了丁九秋周身笼罩的霜雪,告诉她活着很好。除了电脑屏幕里的世界,她还可以感受日升日落、风吹树影和另一个人的温度。

天气好冷,这个时候突然下起了雪,几乎是转瞬之间,雪花落下,行人都纷纷驻足,伸手感受落下的雪花,还有小朋友跑出来大喊下雪了。

阮霜身上也落了雪花,她长得实在好看,这个瞬间,这个角度,又和丁九秋记忆里的那个人重合了。

丁九秋愣愣地看着她:"那你为什么对我那么好?"

很不应该,她们不过认识三个月,从九月到十二月,秋去冬来,小区的叶子掉了一地。但丁九秋心里枯萎的花却绽放了,每一朵花瓣都宣告她对记忆里那个引路人的憧憬和怀想。

这个时候答案呼之欲出,丁九秋却有些犹豫。

阮霜把围巾摘下来慢慢地给丁九秋围上。

都是女性,阮霜看上去很符合小姑娘小时候憧憬的长大后的样子——成熟、美丽、独当一面。但丁九秋知道阮霜也有放松的时候,她会素面朝天、穿着家居服坐在地上看自己的漫画,害怕其中的情节时,会放下手机感叹一句"我们啾啾真厉害",口吻里有丁九秋没能理解的自豪和亲昵。

她喊她啾啾，是故去父母才会喊的小名。

阮霜在初雪圣诞给了丁九秋一个温暖的拥抱："妹妹，长大了就认不出我了？"

08

九啾的读者觉得自家漫画家的生活越来越精彩了，毕竟一个人想炫耀的心是憋不住的。

比如表面上是拍新的单行本特签进展情况，但画面的角落却有一道拉得长长的影子；比如新游戏发行，九啾发了第二视角的开箱视频。虽然摄影师一句话没说，但足够让人感觉到这位相貌甜美、内心高冷的漫画家有多高兴。

又是一年新年，终于有粉丝在直播间问丁九秋：您最近是有了专属摄影师吗？发了好多视频呢！

高冷甜妹露出了直播以来的第一个笑容，丁九秋看了眼自己手边的果盘，"嗯"了一声。

下一个粉丝问：和您是怎么认识的呢？

丁九秋看向镜头，笑容灿烂："七岁那年我就认识她了。没有她，我不会走上这条路的。"

阮霜可能不知道，当年的丁九秋一直觉得这世界很无聊。她最开始想画画，也是因为阮霜坐在楼下写生的表情，看上去特别幸福，好像这是一件很快乐的事。事实证明创作的确很快乐。

但她没想到，若干年后，她们能共享柴米油盐、一日三餐和这份藏在春夏秋冬里的尘世烟火。哪怕她们性格截然不同，仍可以共处一室笑说从前。

直播接近尾声,粉丝的最后一个问题是:那她对您重要到什么程度呢?

丁九秋不假思索:"她是我的灯塔。"

是我命中注定的动力源泉。

End

图书在版编目（CIP）数据

反义词 / 郑反主编.
—武汉：长江出版社，2023.12
ISBN 978-7-5492-9217-2
Ⅰ.①反… Ⅱ.①郑… Ⅲ.①短篇小说—小说集—中国—当代 Ⅳ.①I247.7
中国国家版本馆CIP数据核字(2023)第206629号

本书经郑反委托天津漫娱图书有限公司正式授权长江出版社，在中国大陆地区独家出版中文简体版本。未经书面同意，不得以任何形式转载和使用。

反义词 / 郑反 主编
FANYICI

出　　版	长江出版社		
	（武汉市解放大道1863号 邮政编码：430010）		
选题策划	漫娱图书　马　飞		
市场发行	长江出版社发行部		
网　　址	http://www.cjpress.com.cn		
责任编辑	罗紫晨		
特约编辑	李子若		
总 策 划	两脚猫工作室	开本	889mm×1230mm　1/32
装帧设计	刘江南　李梦君	印张	8.5
印　　刷	武汉鸿印社科技有限公司	字数	190千
版　　次	2023年12月第1版	书号	ISBN 978-7-5492-9217-2
印　　次	2023年12月第1次印刷	定价	39.80元

版权所有，翻版必究。如有质量问题，请联系本社退换。
电话：027-82926557(总编室)　027-82926806（市场营销部）